KB130939

리처드 2세

리처드 2세

King Richard II

윌리엄 셰익스피어 희곡　박우수 옮김

KING RICHARD II
by WILLIAM SHAKESPEARE (1595)

이 책은 실로 꿰매어 제본하는 정통적인 사철 방식으로 만들어졌습니다.
사철 방식으로 제본된 책은 오랫동안 보관해도 손상되지 않습니다.

등장인물

리처드 2세 왕(1367~1400경, 재위 1377~1399)

곤트의 존 랭커스터 공작이자 왕의 숙부

헨리 볼링브루크 존의 아들, 나중에 헨리 4세가 됨

토머스 모브레이 노퍽 공작

글로스터 공작 부인 작고한 글로스터 공작인 우드스톡의 토머스의 부인

군정 장관

오멀 공작 요크 공작의 아들

두 전령

헨리 그린 경, 존 부시 경, 존 배곳 경 왕의 총신

랭글리의 에드먼드 왕의 숙부이자 요크 공작

헨리 퍼시 노섬벌랜드 백작

로스 공 볼링브루크의 지지자로 헨리 4세 치하의 재무상

윌로비 공 볼링브루크 지지자

이저벨 왕비

요크 공작의 하인

해리 퍼시 노섬벌랜드 백작의 아들, 별명이 홋스퍼임

버클리 공

솔즈베리 백작

웨일스의 지휘관

칼라일 주교

스티븐 스크루프 경

이저벨 왕비의 시중을 드는 두 여인

정원사와 그의 일꾼들

피츠워터 공

서리 백작

웨스트민스터 수도원장

요크 공작 부인

피어스 엑스턴 경과 그의 하인

리처드왕의 마구간지기

폼프릿성 감옥의 간수들

제1막

제1장

리처드왕과 곤트의 존이 귀족들과 시종들을 대동하고 등장.

리처드왕 연로하신 랭커스터 공작, 곤트의 존 숙부여,

지난번에는 짐이 여유가 없어서 경청하지 못했던

노픽 공작, 토머스 모브레이 경에 대한 기소를

요란하게 제기했던 오만한 아드님이 이를

증명해 보이도록, 숙부의 맹세와 약속에 따라   5

그를 이곳으로 데려왔습니까?

곤트 그렇습니다, 폐하.

리처드왕 아들이 해묵은 원한 때문에 공작을 비난하는지

아니면 충성스러운 신하답게 공작의 확실한

모반의 증거를 잡고 그러는지   10

아들의 심중을 헤아려 보셨습니까?

곤트 그 문제에 관해서 제가 아들을 면밀히 조사한 바에 따르면

폐하를 겨냥한 공작의 자명한 위험 때문이지

해묵은 원한 때문은 아닌 것 같습니다.

리처드왕 그렇다면 그들을 짐에게 데려오시오. 얼굴을 맞대고,   15

찡그린 이마와 이마를 마주하고 짐이 피고와 원고가 나누는

허심탄회한 이야기를 직접 듣겠소.

그들은 둘 다 거만하고 화가 가득해서,

격분하면 바다처럼 귀 막고, 불길처럼 성급한 자들이오.

불링브루크와 모브레이 등장.

불링브루크 은총이 가득하신 폐하, 제 사랑을 받으시고   20

만수무강하시옵소서.

모브레이 하늘이 땅의 행복을 시샘할 정도로

매일같이 새로운 행운이 더해져

불멸의 왕권을 누리소서.

리처드왕 둘 다 고맙소이다. 그렇지만 두 사람이 마주한 이유, 즉   25

서로를 대(大)반역죄로 기소하고 있는 데서 잘 드러나듯이

한 사람은 아첨을 함에 불과하오.

허퍼드의 사촌이여, 노퍽 공작 토머스 모브레이를

무슨 이유로 기소하는 것이오?

불링브루크 우선, 하늘에 맹세코 말씀드립니다!   30

잘못 잉태된 증오가 아니라

폐하의 안위를 염려하는

신하의 참된 충성심에서

저는 폐하의 어전에 피고로 나왔습니다.

이제 토머스 모브레이, 그대에게 고개를 돌려 말하니   35

내 말을 잘 들으시오. 내가 말하는 바는

내 몸이 이 땅에서 목숨을 걸고 증명할 것이오.

아니면 내 영혼이 천벌을 받을 것이오.

그대는 모반자이자 악당이오.

그러기에는 너무 신분이 높기에 살아서는 안 되는 악한이오.   40

하늘이 맑고 투명할수록

하늘을 떠가는 구름은 더욱 추악해 보이는 법이오.

다시 한번 그 흉측한 말을 되풀이하자면

사악한 모반자란 이름을 그대 목에 쑤셔 넣고,

폐하가 허락하신다면, 이곳을 떠나기 전에 내가 말한 바를   45

정의롭게 빼 든 내 칼이 증명해 보이기를 원하오.

모브레이   내 말들이 냉담하다 해서 내 열정이 비난받아서는

　　안되지.

우리 둘 사이의 논쟁을 해결할 수 있는 것은

여인들의 전쟁인 말싸움,

두 개의 혀를 통렬하게 내지르는 행위가 아니오.   50

이 문제로 인해 흘려야 할 피는 뜨겁소.

그렇지만 나는 입 다물고 아무 말도 하지 않을 정도로

유순한 인내심을 자랑할 수 있는 인물이 못 되오.

첫째로, 그대의 높은 신분을 존중해서 나는

할 말을 마음껏 다 하지 못하고 내 혀에 재갈을 물리고 있소.   55

그것만 아니라면 모반이란 단어들을 이미 그대 목구멍 깊숙이

두 배로 돌려보내 쑤셔 넣었을 것이오.

저자가 왕족의 혈통이라는 점과

폐하의 친척이라는 사실도 무시하고서

나는 저자에게 도전하고 저자에게 침을 뱉고   60

저자를 사악한 겁쟁이요 악당이라고 부르겠소.

내 말을 입증하기 위해 나는 저자에게 덤을 주고

비록 내가 알프스산맥의 얼어붙은 산정까지

맨발로 쫓아가는 한이 있더라도 저자와 대결하겠소.

아니면 영국인이 감히 발을 들여놓은 곳이라면   65

사람이 살 수 없는 다른 어떤 곳이라도 좋소.

그 전에, 나의 이 도전이 내 충성심을 지켜 줄 것이오.

바라건대 나의 승리가 저자의 거짓을 증명하리라.

볼링브루크　창백하게 떨고 있는 겁쟁이야, 내 도전을 받아라.

존경이 아니라 두려움 때문에 그대를 주저케 하는   70

왕의 친척이라는 신분을 이곳에서 저버리고

왕가의 혈통을 제쳐 두겠다.

죄로 인한 두려움이 그대에게 명예로운 나의 도전장을

집어 들 정도의 힘을 남겼다면 내 도전장을 집어라.

이 도전장과 다른 모든 기사도의 예법에 따라   75

나는 그대에게 내가 말한 바를 칼 대 칼로

증명해 보이겠다. 그러지 않으면 그대는 더한 거짓을 꾸미

겠지.

모브레이 도전을 받겠소. 내 어깨를 가볍게 두드려

고결하게 내게 기사 작위를 내려 준 칼에 맹세코

공명정대한 방식 혹은 기사도 규율에 따르는 결투에서   80

그대를 상대하겠소.

내가 말에 오른 이상, 내가 만일 모반자이거나 부정한

편에 있다면 살아서 말에서 내리지 못할 것이오.

리처드왕 모브레이의 비난에 대한 사촌의 답은 무엇이오?

짐으로 하여금 사촌에 대해 조금이라도 나쁜 생각을 품게   85

할 수 있다면 그것은 대단한 것임이 틀림없소.

불링브루크 제가 하는 말은 무엇이든 사실이라는 데 목숨을

걸겠습니다.

모브레이는 폐하의 군사들 봉급 가불이란 명목으로

금화 8천 냥을 받아서

사악한 모반자이자 위험한 악당답게 편취하여   90

부적절한 용도로 사용했습니다.

지난 18년 동안 이 땅에서 기도되고 일어난

모든 모반의 시작과 뿌리가 사악한 모브레이에게서

비롯되었음을 주장하는 바이며, 이곳이나 아니면

다른 곳에서 싸워 이겨 영국인의 눈이 미칠 수 있는   95

가장 먼 곳까지 이 사실을 증명해 보이겠습니다.

나아가 제 말이 사실임을 증명하기 위해 저자의

사악한 목숨을 담보로 잡겠습니다.

저자가 글로스터 공작의 살해를 모의하고

믿음이 약한 공작의 적수들을 유혹해서   100

결과적으로 모반자 겁쟁이답게

공작의 죄 없는 영혼을 피의 강물로 흘려 보냈습니다.

그의 피가 제물을 바치는 아벨[1]의 피처럼 심지어 땅속

말 없는 동굴들로부터 정의를 찾고 복수를 해달라고

저에게 외쳐 댑니다.   105

그러니 영광스러운 가계의 후손답게

이 팔로 복수를 하든지 아니면 목숨을 버릴 것입니다.

리처드왕 그의 결심은 참 높이도 치솟는구나!

노퍽의 토머스여, 여기에 대한 그대의 답은 무엇인가?

모브레이 오, 폐하, 잠시 얼굴을 돌리시고   110

폐하의 귀를 막아 주소서.

왕가의 치욕스러운 이 혈통에게

하느님과 선한 사람들이 이런 사악한 거짓말쟁이를

얼마나 증오하는지 알려 줄 때까지만.

리처드왕 모브레이, 짐의 눈과 귀는 공평하오.   115

그가 내 형제, 아니 왕국의 후계자라 할지라도,

사실 작은아버지의 아들에 불과하지만,

내 홀의 권위에 대고 맹세하건대

그가 비록 왕족의 성스러운 혈통이라 하더라도

---

1 형 카인에게 살해당한 목동 아벨. 「창세기」 4장 참조. 이하 모든 주는 옮긴이 주이다.

그 점이 그에게 조금도 유리하지 못할 것이며, ¹²⁰

짐의 굽힐 줄 모르는 굳건한 영혼을 기울이지 못할 것이오.

모브레이, 그는 짐의 신하요. 그대와 마찬가지로.

내 허락하니 겁내지 말고 맘껏 이야기하시오.

모브레이 그렇다면, 불링브루크, 그대는 그대의 마음만큼이
          나 비천하게

사악한 목구멍을 통해 거짓말을 하고 있소. ¹²⁵

칼레를 대가로 받은 금액의 4분의 3을 나는

폐하의 군사들에게 정당하게 배분했소.

나머지 금액은 허락을 받아서 내가 차지했소.

내가 지난번에 왕비를 모셔 오기 위해 프랑스에 다녀오는 데

막대한 경비가 들었고 부족한 금액을 폐하께서 나에게 빚
   졌기 때문이오. ¹³⁰

그러니 이제 그대의 거짓말을

도로 삼키시오. 글로스터 공작의 죽음에 대해 말하자면

내가 살해하지는 않았지만 부끄럽게도 그 문제에서

내 의무를 소홀히 했소이다.

내 정적의 영예로운 부친이신 ¹³⁵

고귀한 랭커스터 공작님에 대해서 말씀드리자면

한번은 공작님의 목숨을 노리고 잠복한 적이 있습니다.

지금도 제 고통받는 영혼을 괴롭히고 있는 잘못이지요.

그러나 지난번 성사를 받기 전에 이미

그 일을 고해하여 용서를 빌었고, ¹⁴⁰

공작님의 용서를 받았다고 생각하고 있습니다.

이것이 제 잘못입니다. 기소된 나머지 것들은

악당이자 겁쟁이, 혈통을 저버린 모반자의

원한에서 비롯한 것입니다.

저자의 왕족 혈통에 견주어도 뒤지지 않는 145

저 자신이 충성스러운 귀족임을 증명하기 위해서

이 건방진 모반자의 발에 똑같이 제 장갑을 던져

그의 모함을 저 자신이 용감하게 막아 낼 것입니다.

그러니 폐하께 진심으로 청하노니

서둘러 저희의 결투 날을 잡아 주소서. 150

리처드왕 분노로 타오르는 경들이여, 내 말을 들으시오.

피를 흘리지 말고 이 분노를 가라앉힙시다.

비록 의사는 아니지만 짐의 처방은 이것이오.

깊은 원한은 깊은 상처를 내는 법이오.

잊어버리고 용서하고 화해하고 합의를 봅시다. 155

학자들 말이 지금은 피 흘릴 때가 아니라고 하오.

숙부님, 시작한 곳에서 이 싸움을 끝내시지요.

짐은 노퍽 공작을 달랠 터이니,

숙부님은 아드님을 달래십시오.

곤트 평화의 중재자 노릇이 제 나이에 걸맞은 일이지요. 160

아들아, 노퍽 공작의 장갑을 내려놔라.

리처드왕 노퍽 공작도 그의 장갑을 내려놓으시오.

곤트 뭘 망설이고

있느냐, 해리, 뭘 망설여?

두 번 말하지 않겠다, 아비의 명령이다.

리처드왕   노퍽 공작, 짐의 명령이니 내려놓으시오. 소용없소.

모브레이   폐하, 폐하의 발등에 제 몸을 던지나이다.   165

폐하의 처분에 제 목숨은 맡기나 제 치욕은 아닙니다.

신하 된 도리로 제 목숨은 폐하의 것이지만,

죽어서도 제 무덤에 살아남을 제 깨끗한 이름을

폐하께 누가 되도록 방치하지는 않을 것입니다.

저는 이곳에서 치욕을 당하고 기소되어 수모를 당하고   170

모함이란 독 묻은 창끝에 영혼까지 찔렸습니다.

이 상처는 이 독을 뿜어낸 저자 심장의 피 말고는

어떤 고약으로도 치료할 수가 없습니다.

리처드왕   분노는 참아야만 하오

그의 장갑을 내게 주시오. 사자 곁에서 표범은 유순해지는

법이오.

모브레이   맞습니다. 그러나 얼룩무늬를 바꾸지는 않지요.   175

저의 수치만 거둬 주시면 저는 제 도전을 포기하겠습니다.

존경하는 폐하, 인생이 주는 가장 고결한 보석은 흠 없는

명성입니다. 그게 없다면 인간은

단지 도금한 흑토나 색칠한 진흙에 불과하지요.

열 겹으로 묶어 놓은 함 속에 들어 있는 보석이란   180

충성스러운 가슴에 깃든 용감한 정신입니다.

제 명예는 제 목숨이고, 이 둘은 한 몸과 같습니다.

제게서 명예를 앗아 가면, 저는 죽은 목숨입니다.

그러니 폐하, 제 명예를 증명케 해주십시오.

명예롭게 살고 명예를 위해서 죽겠습니다.   185

리처드왕 사촌이여, 자네가 먼저 장갑을 던져 버리게.

불링브루크 오 하느님, 내 영혼을 큰 죄악에서 보호하소서!

부친이 보는 앞에서 기가 죽어야 한단 말인가?

아니면 거지 같은 창백한 두려움으로 이 뻔뻔한

겁쟁이 앞에서 내 고귀한 혈통을 저버려야 한단 말인가?   190

내 혀가 그런 허약한 잘못으로 내 명예를 손상하거나

그토록 비천한 휴전을 제의하기 전에

무서워 도전을 취소하는 비굴한 혀를 내 이빨이 찢어 버리고,

그 피 흘리는 혀를 치욕이 깃들어 있는 모브레이의

얼굴에 더럽다고 뱉어 버릴 것이오.   195

리처드왕 짐은 간청하려고 태어난 사람이 아니라 명령하러

태어난 사람이오.

짐의 명령으로 그대들을 화해시킬 수 없으니

성 램버트 축일에 코번트리에서 목숨을 걸고 싸울

준비들을 하시오.

그곳에서 그대들의 쌓인 원한에서 비롯한 거만한 논쟁을   200

그대들의 칼과 창으로 해결하라.

짐이 그대들을 화해시킬 수 없으니 짐은 정의의 여신으로 하

여금

결투의 승자를 점지하도록 하겠소.

군정 장관, 짐의 호위병들로 하여금

이들을 무장시키시오.   (퇴장) ₂₀₅

제2장

곤트의 존이 글로스터 공작 부인과 함께 등장.

곤트   아, 제수씨의 외침보다 내가 우드스톡의 혈족이라는 사
실이
나더러 그의 목숨을 도살한 놈들에게 복수를 하라고
나를 더욱 부추기고 있습니다.
그러나 문제를 바로잡는 일이 우리가 손쓸 수 없는
문제를 야기한 당사자들의 손에 달렸으니   5
해결을 하늘의 뜻에 맡깁시다.
땅에서 때가 무르익으면 하늘이 범죄자들의 머리에
뜨거운 복수의 비를 내려 줄 것입니다.

공작 부인   형님이 되어서 분노하는 마음이 그 정도밖에 안 된
단 말입니까?
형제간의 우애의 불길이 다 꺼져 버렸단 말입니까?   10
아주버님도 그중 한 명인, 에드워드왕의 일곱 아들들은
그의 성스러운 피를 담아 놓은 일곱 개의 유리병과 마찬가지,
아니 한 뿌리에서 나온 아름다운 일곱 가지들이었습니다.

이들 중 일부는 시간의 흐름 속에서 말라 버렸고,

일부는 운명의 여신들에 의해서 잘렸습니다. 15

그러나 내 사랑하는 남편 토머스, 내 목숨과 같았던 글로
　스터,

에드워드의 성스러운 피로 가득 찼던 유리병,

에드워드왕의 뿌리에서 나온 무성하던 가지는

악의에 찬 손과 살인의 피 묻은 도끼에 의해

부서지고, 소중한 피를 쏟아 냈으며, 20

난도질당해 무성하던 여름 잎들은 다 시들었습니다.

아, 아주버님, 동생의 피를 나누신 분이여,

아주버님을 잉태했던 터, 그 자궁, 똑같은 씨앗, 같은 모판
　에서

제 남편 역시 아들로 태어났습니다. 그러니 비록

아주버님은 살아 숨 쉬고 계시지만 25

동생과 더불어 살해되신 것입니다. 부친의 판박이인

동생의 죽음을 수수방관하고 계시니 지금

아주버님은 부친의 죽음을 심각할 정도로

묵과하고 계신 겁니다.

아주버님, 이것은 인내가 아니라 절망입니다. 30

동생이 도살되는 것을 이처럼 지켜만 보심으로써

아주버님은 아주버님 목숨을 속수무책으로 백주 대로에
　내놓고

끔찍한 살인자들에게 아주버님을 도륙하는 방법을 가르치

고 계십니다.

　비천한 사람들이 말하는 인내란

　고결한 사람들의 심장에서는 파리하고 창백한 두려움에

　　불과합니다.　　　　　　　　　　　　　　　　　35

　이 말을 해야 할까요? 아주버님 목숨을 지키는 최선의 길은

　제 남편 글로스터의 죽음에 복수하는 것입니다.

곤트　이 문제는 하느님의 것입니다. 하느님의 대리자,

　하느님 안전에서 기름 부음을 받은 신의 대행자가

　동생의 죽음을 야기했으니까요. 그것이 잘못이라면　　　40

　하늘이 복수를 하겠지요. 나로서는 하느님의 종에게

　분노에 찬 팔을 들어 올릴 수가 없답니다.

공작 부인　그렇다면, 아, 어디에 하소연을 한단 말인가?

곤트　과부의 수호자요 보호자인 하느님께 하시오.

공작 부인　그 수밖에 없겠네요. 늙은 아주버님, 안녕히 계세요.　45

　코번트리로 가셔서 조카인 허퍼드와 잔인한 모브레이가

　싸우는 모습이나 구경하세요.

　아, 남편의 억울함이 허퍼드의 창끝을 감싸

　그의 창이 도살자 모브레이의 심장을 꿰뚫었으면!

　아니면 용케도 그자가 첫 대결에서 살아남는다면　　　50

　모브레이의 죄가 그의 가슴을 너무나 무겁게 짓눌러

　거품을 문 그의 말 허리가 끊어져 버리고,

　조카 허퍼드와 겨루는 사악한 악당 놈을

　거꾸러진 말이 결투장에 내동댕이쳐 버리기를.

늙은 아주버님, 안녕히 계세요. 한때 동생의 아내였던 저는   55
슬픔을 동무 삼아 여생을 마쳐야겠습니다.

곤트   제수씨, 안녕히 가시오. 나는 코번트리로 가겠소.

나와 마찬가지로 제수씨에게도 항상 행운이 따르기를.

공작 부인   한마디만 더 하겠습니다. 슬픔이란 떨어진 곳에서,

텅 빈 가벼움 때문이 아니라 자체의 무게 때문에 다시 튀어

오르는 법입니다.   60

저는 제대로 시작하지도 않았는데 작별을 고하는군요.

슬픔이란 다한 것처럼 보여도 다한 게 아닙니다.

동생이신 에드먼드 요크 공작에게 안부 전해 주세요.

자, 이제 다 했습니다. 아니, 아직 가시지 마세요.

할 말 다 했지만 그렇게 서둘러 가시지 마세요.   65

할 말이 더 있을 것 같아요. 동생에게 전하세요, 아, 무슨

말을 하려고 했더라?

서둘러서 플레시에 있는 집으로 나를 찾아오라고 하세요.

아, 요크 공이 그곳에서 무엇을 보겠습니까?

빈방들과 장식 없는 벽들,

일손 없어 방치된 용무들, 발길 끊긴 보도석들 말고.   70

저의 신음 소리 말고 다른 무슨 환영의 소리를 듣겠습니까?

그러니 동생에게 일러 주세요.

슬픔이 머무는 그곳에 가지 말도록.

이제는 절망에 차서 그 가운데 죽겠습니다.

제 눈물 어린 마지막 작별을 받아 주세요.   (퇴장)   75

제3장

군정 장관과 오멀 공작 등장.

군정 장관   오멀 공, 해리 허퍼드가 무장을 마쳤습니까?

오멀   그렇습니다, 완벽하게 무장하고 입장을 고대하고 있습
    니다.

군정 장관   분기충천하고 용맹한 노퍽 공작도
    기소인의 소환 나팔 소리만을 기다리고 있습니다.

오멀   그렇다면 결투자들이 준비를 마치고
    폐하의 등장만을 기다리고 있군요.

나팔 소리와 함께 리처드왕이 귀족들을 대동하고 등장.
이들이 자리에 앉자 노퍽 공작 모브레이가 피고로서
무장하고 등장.

리처드왕   군정 장관, 저기 저 기사에게
    무장을 하고 이곳에 온 이유를 물어보게.
    그의 이름을 물어보고 나서 정해진 순서대로 그로 하여금
    자신이 정의의 편에 서 있다는 맹세를 하게 하시오.   10

군정 장관   하느님과 폐하의 이름으로 당신이 누구인지,
    무슨 이유로 기사의 무장을 하고 이곳에 왔는지,
    누구와 대적하러 왔는지, 무슨 원한이 있는지 말하시오.

그대의 기사도와 정의를 걸고 맹세코 진실만을 말하시오.

그러면 하늘과 그대의 용기가 그대를 지켜 줄 것이오.　　　15

모브레이　내 이름은 노퍽 공작 토머스 모브레이요.

저는 저의 맹약 — 기사가 이를 저버림을 하느님이 금하시

　　오 — 에 따라

하느님과 저의 왕과 저의 후손들에 대한

저의 충성과 진실을 저를 기소한

허퍼드 공작으로부터 지키기 위해 이곳에 왔습니다.　　　20

하느님의 은총과 저의 이 팔에 의지하여

저 자신을 변호하고 그가 저의 하느님과 저의 왕과 저 자

　　신에 대해

모반자임을 증명해 보이고,

진실한 마음으로 싸워 하늘이 저를 지켜 주고 있음을

보여 줄 것입니다.　　　25

　　　나팔 소리가 울리고 기소인 허퍼드 공작 불링브루크가
　　　　　　무장을 하고 등장.

리처드왕　군정 장관, 저기 저 무장을 한 기사에게 물으시오,

그가 누구이고 이처럼 전투복을 차려입고

이곳에 온 이유가 무엇인지.

그리고 나서 법도에 따라

자신이 정의의 편에 서 있음을 선서하게 하시오.　　　30

군정 장관　그대의 이름은 무엇인가? 무슨 이유로 폐하의

　어전에, 왕의 결투장에 왔는가?

　누구를 대적하러 왔으며 싸우는 이유는 무엇인가?

　진실한 기사답게 말하시오, 그러면 하늘이 그대를 지켜 줄

　　것이오.

불링브루크　저는 허퍼드와 랭커스터와 더비의 해리입니다.　35

　하느님의 은총과 제 몸에 깃든 용기로 결투장에서

　노퍽 공작 토머스 모브레이가 하늘에 계신 하느님과

　리처드왕과 저 자신에게 사악하고 위험한

　모반자임을 증명해 보이기 위해

　무장을 갖춘 채 대기하고 있습니다.　40

　진실한 마음으로 싸워 하늘이 저를 보호하고 있음을 보여

　　줄 것입니다.

군정 장관　이 공정한 결투를 집행하도록 임명된

　군정 장관과 그의 부하들을 제외하고는

　죽기 싫거든 어느 누구도 결투장 안으로 들어가는

　만용을 부려서는 아니 됩니다.　45

불링브루크　군정 장관, 폐하의 손에 입 맞추고

　폐하 앞에 무릎 꿇고 절하게 해주시오.

　나와 모브레이는 길고 지루한 순렛길을 가기로 맹세한

　두 명의 순례자와 같은 처지이기 때문입니다.

　그리고 나서 우리 각자 친구들과 작별 의식을 치르고　50

　사랑스러운 이별을 고하게 해주시오.

군정 장관 기소자가 예를 다해 폐하께 인사드리고

폐하의 손에 입 맞추고 작별을 고하기를 갈망합니다.

리처드왕 짐이 몸소 내려가서 그를 포옹하겠소.

허퍼드의 사촌이여, 그대의 싸움이 정의롭듯이   55

왕 앞에서 벌이는 이 싸움에서 행운이 그대의 것이기를.

오늘 그대가 왕족의 피를 흘린다면 짐은

슬퍼하겠지만 죽은 자를 위한 복수는 없을 것이오.

나의 혈족이여, 잘 가시오.

불링브루크 제가 모브레이의 창으로 피투성이가 된다 하더

라도   60

저에 대한 눈물로 고귀한 눈을 더럽혀서는 안 됩니다.

새를 쫓는 독수리가 비상하듯 자신 있게

저는 모브레이와 맞서 싸울 것입니다.

사랑하는 폐하, 작별을 고하겠습니다.

나의 고귀한 사촌 오멀 공, 그대와도.   65

내 비록 죽음의 결전을 앞두고 있지만 병약한 모습이 아니라

건장하고 젊고 쾌활하게 숨을 들이쉬는 모습으로 작별을

고합니다.

보시오, 영국의 축제에서처럼 마지막을 더욱 달콤하게

만들기 위해 저는 가장 달콤한 결말로 여러분께 인사하겠

습니다.

아, 제 피의 지상의 주인이신 아버지,   70

저에게서 되살아난 아버지의 젊은 혈기가

두 배의 힘으로 저를 떠받들어 올려서

제 머리 위 승리의 월계관에 제 손이 닿도록 해주시고

아버지의 기도로 제 갑옷을 창이 꿰뚫지 못하게 만들어 주

　　소서.

아버지의 축도로 제 창끝을 단단히 만들어　　　　　　　75

그것으로 모브레이의 밀랍 같은 갑옷을 꿰뚫게 해주소서.

그래서 진정으로 아들의 힘찬 행동 가운데

곤트의 존이란 이름이 새롭게 빛나게 해주소서.

곤트　네 정의의 편에 선 하느님이 너에게 승리를 안겨 주

　　시길.

번개처럼 빨리 무기를 휘두름으로써　　　　　　　　　80

이중으로 힘이 배가된 너의 창날이

사악한 상대편 적수의 투구에

아연실색케 하는 천둥처럼 내려 꽂히기를.

너의 젊은 혈기를 불러 모아서 용맹을 떨치고 살아남아라.

불링브루크　저의 결백과 성 조지[2]의 가호로 승리할 것입니다.　85

모브레이　하느님이나 행운의 여신이 저에게 어떤 운명을 던

　　져 주시든 간에,

저는 리처드왕의 왕좌에 충실한, 충성스럽고 정의롭고

올바른 인물로 살거나 아니면 죽을 것입니다.

저의 적수와 겨룰

축제 같은 이 싸움을 축하하는 춤추는 제 영혼보다　　　90

---

2 잉글랜드의 수호 성자.

더 홀가분한 마음으로 속박의 쇠사슬을 던져 버리고

통제받지 않는 황금 같은 해방을 환영했던

포로는 결코 없었습니다.

가장 막강하신 폐하와 나의 동료 귀족들이여,

그대들의 행복한 세월을 빌어 주는 내 입에서 나오는 소원

   을 받으소서.   95

마치 무도회에 가듯 차분하고 즐거운 마음으로

저는 싸우러 갑니다. 진실의 가슴은 차분한 법이지요.

리처드왕   잘 가시오, 공작. 내가 보니 미덕과 용기가 그대의

   눈 안에서

자신 있게 나란히 기다리고 있소.

군정 장관, 싸움을 준비시키고 시작하시오.   100

군정 장관   허퍼드와 랭커스터와 더비의 해리여,

그대의 창을 받으시오. 하느님의 가호가 함께하길.

불링브루크   견고한 탑처럼 희망에 차서 저는 아멘을 외칩

   니다.

군정 장관   이 창을 노퍽 공작 토머스에게 가져다주게.

전령 1   허퍼드와 랭커스터와 더비의 해리는   105

하느님과 자신의 군주와 자신을 위해,

노퍽 공작 토머스 모브레이가 자신의 하느님과

왕과 자신에게 모반자임을 증명해 보이기 위해

사악한 악당으로 판명될 각오를 하고 이곳에 서서

토머스에게 결투를 위해 앞으로 나오도록 도전을 보냅니다. 110

전령 2　노퍽 공작 토머스 모브레이는

사악한 악당으로 판명될 각오를 하고

자신을 지키고 허퍼드와 랭커스터와 더비의 해리가

하느님과 자신의 군주와 자신에게 불충한 인물임을

입증하기 위해, 시작하라는 신호만을 기다리며　　　　115

용감하고 홀가분한 마음으로

이곳에 서 있습니다.

군정 장관　나팔 소리를 울리고 결투자들을 앞으로 내보내라.

공격 나팔 소리가 울린다.

멈춰라. 폐하께서 지휘봉을 내려놓으셨다.

리처드왕　그들로 하여금 투구와 창을 내려놓고　　　　120

두 사람 모두 각자의 의자로 돌아가게 하라.

경들은 짐과 함께 들어가고, 짐의 결정을 이들 두 공작들
　　　에게

짐이 알려 줄 때까지 나팔을 울려라.

긴 나팔 소리.

가까이 와서

대신들과 짐이 결정한 바를 들으시오.　　　　125

짐의 왕국의 땅이 백성들의 귀한 피로

더럽혀지는 일이 없도록 하기 위해,

짐 또한 이웃들의 칼로 헤집어진

동포들의 끔찍한 상처를 보기 싫어하는 까닭에,

그리고 하늘로 치솟는 야심 찬 생각으로 가득한   130

독수리 날개 달린 자만심이 상대방을 미워하는 그대들의

　　악의를 부추겨

조국의 요람 속에서 어린아이같이 쌔근거리며 달콤한 잠을

자고 있는 짐의 평화로움을 깨어나게 하며,

거칠게 메아리치는 끔찍한 나팔의 소음과

분노에 찬 철제 무구들이 부딪히는 소리로   135

짐의 조용한 땅에서 아름다운 평화를 겁에 질려 놀라게 하고

짐으로 하여금 혈족의 피 속을 걷게 한다고

짐은 생각하기에 그대들을 짐의 영토에서 추방하는 바

　　이다.

허퍼드 사촌, 그대는 목숨을 잃지 않으려면,

다섯 번의 여름이 두 번 되풀이되어 짐의 벌판을 풍요롭게

　　할 때까지   140

아름다운 짐의 영토에 다시 인사하지 못하고

추방지의 낯선 길들을 밟게 될 것이다.

볼링브루크　분부대로 하겠습니다. 이것이 저에게는 위안이

　　되겠군요.

이곳에 계신 여러분을 따뜻하게 비추는 태양이

저에게도 비추고, 여기 계신 여러분들에게 주어진 황금 빛

살이 145

저 또한 겨냥해서 추방길을 황금색으로 물들여 주겠군요.

리처드왕　노퍽, 그대에겐 더 무거운 처벌을 내리겠소.

마음이 내키지 않지만 말하겠소.

그대의 고통스러운 무기한 추방은

보이지 않게 천천히 흐르는 시간으로 끝나지 않을 것이오. 150

목숨을 부지한 채로는 돌아올 수 없다는

절망적인 단어를 나는 그대에게 토해 내고 있소.

모브레이　더없이 지엄하신 폐하, 폐하의 입에서 나오리라고는

예상치도 못했던 과한 판결이십니다.

허허벌판으로 내팽개쳐질 그런 깊은 155

상처가 아니라 보다 귀한 보답을

폐하의 손에서 받을 자격이 저는 있습니다.

지난 40년 동안 제가 배웠던 언어

제 모국어인 영어를 이제는 버려야만 합니다.

이제 제 혀는 줄 없는 비올라나 하프에 160

불과한 무용지물입니다.

함 속에 들어간 정교한 악기이거나,

꺼낸다 한들 화음을 맞추는 기술을 모르는

사람의 손에 들어간 것이나 마찬가지입니다.

폐하는 제 입 속에다 제 혀를 가둬 버렸고 165

이와 혀로 이중의 쇠창살을 쳐버렸습니다.

둔하고 무감하며 아무것도 낳을 수 없는 무지란 놈이

저를 감시하는 옥사장이 되었습니다.

저는 유모에게 아양을 떨기에는 너무 늙었고

이제 학생이 되기에도 너무 나이를 먹었습니다.   170

저의 혀에게서 모국어를 말할 기회를 앗아 가버리는

폐하의 판결은 말 못 하는 죽음이 아니고 무엇이란 말입
니까?

리처드왕 동정심을 바라는 일은 그대에게 부질없는 짓이오.

짐이 판결을 내린 이상 불평해 봤자 이미 때는 늦었소.

모브레이 그렇다면 저는 끝없는 밤의 음침한 어둠에서 살기
위해   175

이렇게 조국의 태양을 등지게 되는군요.

리처드왕 다시 돌아와서 맹세를 하시오.

짐의 보검에 추방형을 받은 그대들의 손을 얹으시오.

하느님에 대한 그대들의 의무감에 대고 맹세하시오 —

짐에 대한 의무도 추방과 함께 면하는 바이오 —   180

짐이 언도한 대로 약속을 지키겠다고.

그대들은 추방 기간 동안 각자의 애인을 껴안아서도 안 되
고 —

그러지 않도록 진실과 하느님이 그대들을 도와주시기를 —

서로의 얼굴을 보아서도 아니 되며

편지를 쓰거나 인사를 다시 나누거나 조국에서 잉태했던   185

이 찡그린 태풍 같은 증오를 거두고 화해하려 해서도 안
되고,

사전에 계산된 목적으로 만나서

짐이나, 짐의 국가, 짐의 백성들, 혹은 짐의 영토에

해를 가할 음모를 꾸미거나 기획하거나 공모해서도 아니
되오.

불링브루크 맹세합니다.   190

모브레이 이 모든 것을 지키기로 저도 맹세합니다.

불링브루크 노퍽, 비록 적이지만 이 말은 하겠소.

이제 우리의 육신이 이 땅에서 추방당한 것과 마찬가지로,

왕이 결투를 허락하셨다면 지금쯤

우리 중 한 명은 이 연약한 우리 육체의   195

감옥을 떠나서 황천을 배회하고 있을 것이오.

이 땅을 떠나기 전에 그대의 대역죄를 고백하시오.

그대는 먼 길을 가야만 하니 죄 많은 영혼이란

무거운 족쇄를 그 여정에 차고 가지 마시오.

모브레이 아니오, 불링브루크. 내가 대역죄인이라면   200

내 이름은 생명의 책에서 지워지고

땅에서와 마찬가지로 하늘에서도 추방당할 것이오.

그러나 그대의 정체를 하느님도 그대 자신도 나도 모르오.

폐하 또한 곧 후회하게 될까 두렵소이다.

폐하, 안녕히 계십시오. 이제 저는 제 갈 길을 벗어날 수도

없사옵니다.   205

영국으로 돌아오는 길 말고는 온 세상이 나의 갈 길입니다.

(퇴장)

리처드왕 숙부님, 유리창 같은 숙부의 눈에

슬픈 마음이 비치는군요. 그 슬픈 모습이

아드님이 추방될 세월의 숫자에서

4년을 빼내 갔습니다. (불링브루크에게) 6년의 얼어붙은 겨

울이 지나거든   210

추방된 땅에서 기꺼이 고국으로 돌아오시오.

불링브루크 짧은 한마디에 얼마나 긴 세월이 깃들어 있는가.

네 번의 느린 겨울과 네 번의 분방한 봄철이

한마디에 끝나는구나. 왕의 입김이란 그러한 것.

곤트 저를 생각해서 아들의 추방을 4년이나   215

감해 주시니 폐하께 감사드립니다.

그러나 아들이 추방당한 6년 세월이

달의 모양을 변화시키고

규칙적인 계절의 주기를 가져다주기도 전에

제 빈 등잔과 시간이 소진시킨 불빛이   220

노년의 끝없는 밤과 더불어 꺼져 버리고,

한 뼘의 토막 초도 다 타버려서

눈먼 죽음이란 놈이 아들을 다시 볼 수 없게 할 것이기에

폐하의 은사는 저에게 무용지물입니다.

리처드왕 아니 숙부님, 사실 날들이 창창하지 않습니까.   225

곤트 왕이시여, 그대라고 해도 단 한 순간도 생명을 연장할

수는 없습니다.

그대는 무거운 슬픔으로 제 생명을 단축시킬 수 있고

저에게서 밤을 **빼앗아** 갈 수는 있지만 아침을 빌려줄 수는
　없습니다.

폐하는 시간으로 하여금 제 이마에 노년의 고랑을 파게 할
　수는 있지만

시간의 여정 가운데 늘어나는 주름을 막을 수는 없습니다.　230

폐하의 말씀은 시간과 더불어 제 죽음을 재촉합니다.

그러나 일단 죽고 나면 폐하의 왕국을 주어도 제 목숨을
　살 수 없습니다.

리처드왕　아들은 심사숙고 끝에 추방형을 받았고

숙부님도 회의에 참여했습니다.

그렇다면 왜 짐의 결정에 불만을 보이십니까?　235

곤트　먹기에 단 것이 위장에는 쓴 법입니다.

폐하께서는 재판관으로서 저에게 의견을 내라 하셨지만
　저는 폐하께서

아버지로서 따져 보라고 분부하시기를 바랐습니다.

아, 제 아들이 아니고 모르는 사람이었다면

저는 더욱 적극적으로 그자의 잘못을 눈감아 주었을 것입
　니다.　240

편파적이라는 그릇된 비난을 저는 피하고자 했고

그래서 해당 판결에 참여하는 가운데 제 목숨을 말살했습
　니다.

아, 자식을 추방시키다니 제가 너무 심하다고

여러분 중 누군가가 말해 주기를 기다렸습니다.

그러나 여러분은 내키지 않는 이런 잘못을 저 스스로 저지
르도록   245
마음에도 없이 혀를 놀려 찬성하는 저를 두고만 보았습
니다.

리처드왕 사촌, 잘 가시오. 숙부님도 아들에게 작별을 고하
세요.

짐은 6년 동안 그를 추방하니 따르시오.

(나팔 소리와 더불어 퇴장)

오멀 사촌, 잘 가시오. 직접 대면할 수가 없으니

추방당해 간 곳의 소식을 편지로 전해 주시오.   (퇴장) 250

군정 장관 저는 이 땅 끝까지 공을 호위할 것이니

여기서 작별을 고하지 않겠습니다.

곤트 아, 무슨 이유로 너는 벗들에게 작별 인사를 보내지 않고
말을 아끼고 있느냐?

불링브루크 가슴에 가득한 슬픔을 토해 낼   255

말들을 아낌없이 쏟아 낼 때임에도

저는 여러분께 이별을 고함에 할 말이 없습니다.

곤트 너의 고뇌는 잠시 동안 나가 있는 것에 불과하다.

불링브루크 기쁨이 사라지면 슬픔이 그 빈 시간을 메우는 법
입니다.

곤트 6년 세월이 대수냐? 금방 지나간다.   260

불링브루크 기뻐하는 자에게는 그렇지만 불행은 한 시간을
열 시간으로 늘려 놓습니다.

곤트　추방을 여행이라 생각하고 즐겁게 받아들여라.

불링브루크　강요된 순례로 판명된 것을

여행이라고 부른다면 제 가슴에서 한숨이 나올 것입니다.　265

곤트　지친 발걸음으로 이어질 암울한 그 길을

너의 귀국이라는 소중한 보석이 박혀 있는

보석 박판이라고 생각하여라.

불링브루크　아니지요. 제가 내딛는 지루한 걸음걸음이

제가 사랑하는 보석들과 얼마나 동떨어진　270

세상을 방황하는지를 저에게 상기시켜 줄 따름입니다.

제가 외국을 떠도는 오랜 도제 기간을 보내다 마침내

자유를 얻게 된들, 슬픈 방랑자였음을 자랑하는 것 말고

저에게 뭐가 남는다는 말입니까?

곤트　하늘의 눈이 찾아가는 모든 곳은　275

현자에겐 항구이고 행복한 정박지란다.

피할 수 없는 것이라면 이렇게 생각해 보렴.

필연 같은 미덕도 없다고.

왕이 너를 추방했다고 생각하지 말고

네가 왕을 추방했다고 생각해 봐라. 힘들게 견딘다고　280

생각하면 고통은 거기에 더 무겁게 자리를 잡는 법이다.

자, 가라, 내가 너를 명예를 얻으러 보냈다고 생각하고

왕이 너를 추방했다고 생각하지 마라. 아니면, 시체를 집어

　　삼키는

역병이 조국의 대기 중에 창궐하여 네가 공기 좋은 곳으로

도망가고 있다고 생각해 보거라.   285

무엇이든 간에 너의 영혼이 소중하다고 생각하는 것이

떠나온 곳이 아니라, 너의 앞길에 놓여 있다고 상상해라.

노래하는 새들을 악사들이라고 생각하고,

너의 발길이 닿는 풀을 골풀이 깔린 접견실이라고 생각

  해라.

꽃들은 아름다운 여인들이고, 너의 발걸음은   290

기쁨에 찬 춤추는 발걸음과 다름없다고 간주해라.

으르렁거리는 슬픔도 그것을 비웃고 가볍게 여기는

사람을 물어뜯을 힘은 없단다.

불링브루크　아, 얼어붙은 코카서스를 생각한다고 해서

불을 손에 들고 있을 수 있는 사람이 있습니까?   295

단지 만찬을 상상함으로써 배고픈 식욕의 칼날을

무디게 할 수 있습니까?

여름날의 열기를 상상한다고

한겨울 눈 속에서 나뒹굴 수 있습니까?

아니지요, 행복에 대한 기대는   300

불행에 통렬함만을 더할 뿐입니다.

잔인한 슬픔이란 놈의 이빨이 생채기를 내지 않고

깨물 때 가장 아픈 법입니다.

곤트　자, 자, 이제 그만하고 너의 길을 배웅해 주마.

내가 너의 젊음과 명분을 지녔다면 나는 주저하지 않겠다.   305

불링브루크　그렇다면 영국의 땅이여, 안녕, 달콤한 대지여,

안녕.

너는 여전히 나를 기르고 있는 나의 어머니이자 유모다.

내가 어디를 떠돌지라도 이 점은 자랑할 수 있지,

비록 추방당한 몸이지만 적통 영국인이라고.

제4장

리처드왕이 한쪽 문으로 그린, 배곳과 함께 등장.

다른 쪽 문으로 오멀 공이 등장.

리처드왕 짐이 다 보았소. 오멀 사촌,

어디까지 그 오만한 허퍼드 공을 배웅했소?

오멀 굳이 폐하의 표현을 빌리자면

그 오만한 허퍼드를 다음 큰길까지 배웅하고 돌아왔습

니다.

리처드왕 그렇다면 얼마나 많은 작별의 눈물을 흘렸소? 5

오멀 저로서는 마침 얼굴 정면으로 따갑게 불어온

북동풍이 잠자던 눈물을 깨워서 요행히도 우리의

건조한 이별을 한 방울 눈물로 장식해 주었을 뿐

전혀 울지 않았습니다.

리처드왕 작별할 때 사촌은 뭐라고 하였소? 10

오멀 〈잘 있게〉란 한마디를 남겼습니다.

그 말을 제 혀로 더럽히는 것을 마음속으로 경멸했기에,
저는 너무나 큰 슬픔에 짓눌린 것처럼
그럴듯한 연기를 했고 그리하여 말들이 제 슬픔의 무덤 속에
매장되어 버린 듯 보였습니다.   15
진정, 〈잘 있게〉란 말이 시간을 늘리고
그의 짧은 추방 기간에 세월을 더해 준다면
그는 〈작별 인사〉를 한 보따리는 가져갔을 것입니다.
하지만 그렇지 않기에 저는 작별 인사를 하지 않았습니다.

리처드왕 사촌, 그자도 짐의 사촌이지만   20
그가 추방지에서 돌아오는 날
과연 친구로 돌아올지는 의문이오.
짐과 부시, 여기 있는 배곳과 그린 모두
그가 백성들에게 절하는 모습과,
겸손하고 친숙한 인사로   25
백성들의 심장을 파고드는 듯하고,
마치 자신과 더불어 그들의 사랑을 추방하려는 듯이
음흉한 미소와 자신의 불운을 굳건히 견디는 모습으로
미천한 직공들에게 구애를 보내고
노예들에게도 손 인사를 날리는 것을 지켜보았소.   30
조개 파는 여인에게도 그는 모자를 벗고 인사를 했소.
짐마차꾼 두 명이 그에게 잘 가라고 인사를 보내자,
마치 자신이 짐의 영국의 후계자라도 되고
백성들의 기대를 받는, 짐의 다음 순번 왕이나 되는 듯이

〈고맙소, 동포들이여, 사랑하는 나의 친구들이여〉라고 답
　하며   35
무릎을 굽혀 답례를 보냈소.

그린　자, 그는 떠났고 그와 함께 이런 걱정도 사라졌습니다.
이제, 아일랜드에서 저항하고 있는 반란군들에 대해 말씀
　드리자면
폐하, 즉각 진압해야 합니다.
그들에게 더욱 여유를 주는 것은 그들을 이롭게 할 뿐이며   40
폐하께는 손실만을 가져올 것입니다.

리처드왕　짐이 친히 진군하겠소.
군자금에 관해서 말하자면, 궁이 큰 데다
씀씀이 역시 후해서 금고가 약간 가벼워졌기에
짐은 왕의 영토를 분할해 임대해야겠소.   45
그 수입으로 우선 급한 비용을 조달할 것이오.
그것으로 부족하면 짐의 대행자들이 본국에서 백지 수표
　를 발행하여
누가 부유한지 파악해 그들로 하여금
상당량의 금화를 내놓겠다는 서류에 서명하게 한 후
그 돈으로 짐의 부족분을 충당하도록 할 것이오.   50
짐은 곧장 아일랜드를 향해 출발할 것이오.

부시 등장.

부시, 무슨 새로운 소식이라도?

부시 폐하, 나이 든 곤트의 존이 심하게 앓아누웠는데,
갑자기 악화되어, 폐하께 속히 자신을 찾아 달라는
급한 전갈을 보내왔습니다.   55

리처드왕 어디에 계시오?

부시 일리 하우스[3]에 계십니다.

리처드왕 하느님이시여, 의사로 하여금 그를 바로
무덤으로 보내 줄 마음이 들도록 하소서.
그의 금고에 든 금화들이 아일랜드로 출정하는   60
짐의 병사들의 군복을 마련하는 데 사용될 것이오.
자, 경들은 나와 같이 그를 방문하러 갑시다.
서두르되 그가 죽은 후에 당도하도록 하느님께 기도합시다.

일동 아멘.   (모두 퇴장)

---

3 런던에 있는 주교의 저택.

제2막

제1장

얄아누운 곤트의 존이 요크 공작 등과 함께 등장.

곤트 걷잡을 수 없는 그의 젊은 혈기에 유익한 마지막 충고를
내가 할 수 있도록 왕이 오실 것인가?

요크 왕의 귀에는 충고가 다 무익하니
안달하지 마시고 숨을 아끼세요.

곤트 아, 그렇지만 사람들 말이 죽어 가는 사람의 말은   5
깊은 화음처럼 주목을 끈다고들 하지 않소.
뜸한 말은 헛되지 않은 법이오.
신음하는 가운데 말을 뱉는 사람은 진실을 말하기 때문이오.
마지막 유언자는 안일한 젊은이에게 피상적인 말을
속삭인 사람들보다 더 주목을 받는 법이오.   10
살아생전보다 임종 시에 사람은 더 주목을 받지요.
지는 해와 음악 끝 소절이

마지막 단맛처럼 가장 달콤한 최후로

오래전 것들보다 생생히 기억에 남습니다.

리처드가 내 마지막 충고를 듣지 않으려 해도   15

내가 마지막으로 건네는 심각한 얘기들은 그의 귀를 열어

  줄 것이오.

요크 아닙니다. 현자들도 바보로 만드는

칭찬과 같은 아첨과, 그 유독함에 젊은이가

항상 쉽게 귀를 여는 음란한 시구와, 항상 뒤늦게

흉내 내느라 우리 백성들이 천박하게 절뚝거리며   20

뒤따라가는 거만한 이탈리아의 유행에 관한 소문으로

그의 귀는 꽉 막혀 있습니다.

세상의 허황된 소리치고 ─

새로운 소식이기만 하면 아무리 사악한 것이라도 상관없

  습니다 ─

그의 귀에 재빠르게 전해지지 않는 것이 있단 말입니까?   25

욕망이 이성과 내란을 치르는 곳에서는

들어야 할 충고가 너무 늦게 오는 법입니다.

왕에게 이래라저래라 하지 마세요.

이미 가쁜 숨만 허비할 것입니다.

곤트 나는 새롭게 영감을 얻은 예언자란 생각이 들어   30

이렇게 숨을 내쉬며 왕에 대한 예언을 하는 것이오.

왕의 성급하고 격렬한 방종의 불길은 오래가지 못할 것

  이오.

급한 불길은 금세 다 타 잦아드는 법이니.

가랑비가 오래가는 법이지 소나기는 잠깐이오.

성급하게 박차를 가하는 자는 쉽게 지치는 법.   35

급히 먹는 밥에 체하는 법.

가벼운 허영, 만족을 모르는 가마우지란 놈은

먹잇감들을 삼키다 급기야는 자신을 먹어 치우지.

왕들의 이 보좌, 홀처럼 생긴 이 섬,

제왕들을 위한 이 땅, 군신 마르스의 터전,   40

반쯤은 낙원인 이 또 다른 에덴동산,

전쟁의 손길이 미치지 못하도록

자연의 여신이 손수 건설해 준 이 천연 요새,

이 행복한 사람들, 이 작은 세계,

덜 행복한 나라 사람들의 악의를 막아 주는   45

천혜의 방벽이자

성으로의 접근을 가로막는 해자 역할을 하는

은빛 바다, 그 가운데 박힌 이 보석,

이 축복받은 땅, 이 대지, 이 영토, 이 영국,

이 유모, 훌륭한 왕들을 길러 내는 이 풍요로운 자궁,   50

그 왕들의 가계로 인해 두려움을 불러일으키고 그 혈통으
    로 명성이 자자하며,

고집 센 유대인들 가운데 묻힌 세상의 보혈,

마리아의 아들 무덤까지 다다른, 조국에서 동떨어진

먼 이방의 십자군 원정과 진정한 기사도 정신을 보여 준

그들의 전공 때문에 명성이 자자한 왕들,

이 귀한 영혼들의 땅, 온 세계에 퍼진 명성으로

소중하고 값비싼 이 땅이

전세지나 무가치한 농지처럼

이제 임차지로 변했음을 죽어 가는 마당에 내가 확인하는
  바요.

승리의 바다로 둘러싸여 적의에 차 포위해 온   60

해신 넵튠을 암벽 해안으로 막아 물리치던 영국이

이제는 잉크 방울과 썩은 종잇조각 문서와

치욕으로 뒤덮였소.

다른 나라들을 정복하곤 하던 그 영국이

이제 치욕스럽게도 자신을 정복하고 말았단 말이오.   65

아, 나의 죽음과 더불어 그 치욕이 사라질 수만 있다면

뒤따르는 나의 죽음은 얼마나 행복할까!

　　리처드왕과 왕비, 오멀, 부시, 그린, 배곳, 로스, 월로비 등장.

요크　왕이 오셨소. 젊은 혈기 넘치는 그를 점잖게 대하시오.
  피 끓는 어린 망아지는 고삐를 조일수록 더욱 날뛰는 법입
  니다.

왕비　랭커스터 숙부님, 건강은 어떠신지요?   70

리처드왕　좀 어떠시오? 연로하신 곤트는 상태가 어떠시오?

곤트　아, 그 칭호는 내 상태에 얼마나 어울리는가!

50

정녕 늙은 곤트(Gaunt)이고, 늙어서 야위었으니(gaunt).

제 몸 안에서 슬픔이란 놈이 오랫동안 힘든 금식을 하고
 있어

음식을 먹지 못하니 여위지 않을 도리가 있겠습니까?　　　　75

잠든 영국을 저는 오랫동안 눈뜨고 지켜보았습니다.

잠 못 자니 수척해지고, 수척해지니 마를 수밖에요.

다른 아버지들은 음식을 먹는 아이들 모습을 보며

기쁨으로 배를 불리지만 저는 엄격한 금식을 하고 있습니
 다. 제 자식들 때문이지요.

이 금식을 통해 폐하는 저를 야위게 만들었습니다.　　　　80

저는 무덤으로 가는 곤트이고, 무덤처럼 야위었습니다.

그 텅 빈 무덤에는 뼈만 들어 있답니다.

리처드왕　아프다는 사람이 이름을 가지고 그렇게 정교한 말
 장난을 할 수 있나요?

곤트　아닙니다, 불행이 자신을 비웃는 장난을 치는 것입니다.

폐하가 제 안에 있는 제 이름을 죽일 작정을 하고 있으니　　85

왕이시여, 그대를 속이려고 제 이름으로 장난을 친 것입니다.

리처드왕　죽어 가는 사람이 살아 있는 사람을 기만한단 말입
 니까?

곤트　아니, 아니지요. 살아 있는 사람이 죽어 가는 사람을 기
 만하지요.

리처드왕　죽어 가면서 그대는 나를 기만하고 있다고 말하고
 있소.

곤트 아, 그렇지 않습니다. 제가 더 아픈 사람이지만 폐하는

지금 죽어 가고 있지요.   90

리처드왕 나는 건강하오. 숨도 잘 쉬고, 아픈 그대도 보고

있소.

곤트 잘못된 그대를 내가 보고 있음을 나를 만드신 하느님께

서 알고 계시오.

나는 병들어 있음을 보시고, 그대는 잘못 보고 있음을 아

십니다.

그대의 임종 자리는 병든 명성을 누리는 가운데 그대가 누

워 있는

저 넓은 국토입니다.   95

그런데도 생각 없는 환자답게 그대는

처음 그대를 상처 낸 의사들에게

기름 부음 받은 그 몸을 치료하라고 내맡기고 있소.

1천여 명의 아첨꾼들이 그대의 왕관 속에 자리 잡고 있소.

크기는 비록 그대 머리만 하지만   100

그 비좁은 울타리 안에 들어 있는

불모의 땅은 전 국토만큼 넓다오.

아, 그대 할아버지께서 예언자의 눈으로 자신의 아들들을

몇 명이나 손자가 죽일지를 아셨다면

그대가 왕이 되기 이전에 폐위시켜   105

그대의 손에서 치욕을 멀리하게 해줬을 것이오.

그대는 지금 악귀에 씌어 자신을 폐위하고 있소.

조카여, 그대가 온 세상의 통치자라 하더라도

이 조국 땅을 임대하는 것은 수치스러운 일일 것이오.

하물며 그대의 영토가 이 땅에 불과한 마당에   110

그곳에 이런 수모를 안기는 행위는 수모 이상의 일이 아니오?

그대는 이제 국왕이 아니라 영국의 지주에 불과하오.

국법은 왕의 뜻에 예속되어 있고

그대는—

리처드왕 병자의 특권을 자임하는   115

미친, 정신 나간 광대가

적의에 찬 충고로 감히

분노를 돋워 용안에서 핏기를 가시게 하고,

짐의 뺨을 창백하게 만드는구나.

자, 왕좌의 특권에 대고 맹세하건대   120

그대가 위대한 에드워드왕의 아들만 아니라면

그대 머리에서 그처럼 건방지게 놀아나는 혀로 인해

그대의 불경한 어깨에서 머리가 뽑혔을 것이다.

곤트 나의 형님 에드워드의 아들이여, 내가 형님의 동생이라

    는 이유로

나를 살려 두지는 마시오.   125

그대는 펠리컨⁴처럼 그 피를 이미 뽑아 내서

거나하게 취하도록 마셔 버렸소.

---

4 펠리컨은 자신의 가슴을 쪼아서 그 피로 새끼들을 먹여 살린다고 여겨졌으며 중세에는 그리스도의 상징으로 쓰였다.

솔직하고 선한 영혼인 내 동생 글로스터의 죽음이 —

천국에서 행복한 영혼들 가운데 편히 쉬고 있기를 —

그대가 할아버지 에드워드의 피를 개의치 않고 흘리게 한다는   130

좋은 선례이자 증거이지요.

내가 지금 앓고 있는 질병과 힘을 합쳐서

등 굽은 노인 같은 그대의 잔인함으로

이미 오래전에 시든 꽃을 바로 꺾어 주시오.

치욕 속에서 사시오. 하지만 그대와 함께 그 치욕은 죽지

　않을 것이오.   135

이 말들이 차후에 그대를 괴롭힐 것이오.

나를 침상으로, 그 후엔 무덤으로 데려다주시오.

사랑과 명예를 지닌 자들이나 살기를 바라는 법이오.   (퇴장)

리처드왕　나이 들고 우울증을 가진 자들더러 죽으라 하시오.

그대는 둘 다 가졌으니 무덤이 제격이겠소.   140

요크　폐하, 청컨대 곤트의 말을 그의 병약함과

나이 든 탓으로 돌려 주십시오.

맹세코 그는 폐하를 사랑하고, 아들이 이곳에 있다면

그를 사랑하는 만큼이나 폐하를 소중히 여길 것입니다.

리처드왕　그래, 맞는 말씀이오. 허퍼드의 사랑만큼이나 그의

사랑도 똑같소.   145

그들의 사랑만큼이나 내 사랑도 마찬가지요. 지금 보니 모

두 그렇소.

노섬벌랜드 백작 등장.

노섬벌랜드 폐하, 늙은 곤트가 폐하께 안부를 전합니다.

리처드왕 뭐라고 하던가?

노섬벌랜드 이미 다 말했기에 아무 말도 하지 않

았습니다.

그의 혀는 이제 줄 없는 악기입니다.

말과 생기를 비롯한 모든 것을 늙은 랭커스터는 다 소진해

버렸습니다.   150

요크 다음번엔 요크가 그런 빈털터리가 되겠군요.

죽음이란 놈은 가난하지만 삶의 고뇌를 청산해 주지요.

리처드왕 가장 잘 익은 과일이 제일 먼저 떨어지듯이, 그분 또

한 그렇소.

그의 시간은 소진되었고, 짐의 순렛길도 장차 그리되겠지요.

그 얘기는 그만하고, 이제 아일랜드 전쟁에 관해 이야기합시다.   155

머리칼이 거친 보병들이 독사처럼 목숨을

부지하고 있다는 점을 제외하고는 무해한 그곳의 반란군

들을

짐은 뿌리 뽑아야만 하오.

이번 토벌은 상당한 군자금이 필요한 까닭에

곤트 숙부가 소유했던   160

접시와 금화와 수입과 동산을

짐의 군비 충당을 위해서 몰수합니다.

요크   얼마나 더 참아야 한단 말입니까? 아, 얼마나 더

복종하는 신하 된 도리로 불의를 견뎌야 한단 말입니까?

글로스터의 죽음이나 허퍼드의 추방도,   165

곤트에 대한 비난이나 영국인에 대한 개인적인 잘못도,

불쌍한 불링브루크의 결혼을 막은 일이나 저 자신에게 주
     어진 치욕도

다 참아 냈으며 지금껏 얼굴을 찡그리거나

폐하의 면전을 겨냥해서 인상을 써 본 적이 없었습니다.

에드워드왕의 아들들 중에서 부친이신 웨일스 왕세자가   170

첫째였고 저는 막내입니다.

그 젊고 늠름한 형님보다

전쟁에서 사자보다 더 사납게 포효하고

평화 시에 양같이 더 유순한 분은 없었습니다.

이제 충분히 성년이 되다 보니 폐하는 부친을 닮아서   175

아버지의 얼굴을 하고 있습니다.

그러나 부친이 얼굴을 찡그린 대상은 친구들이 아니라

프랑스인들이었습니다. 부친은 고귀한 손으로

자신이 벌어들인 것을 소비했지, 승리를 거둔 당신 부친의
     손이

벌어들인 것을 쓰지 않았습니다.   180

부친의 손은 혈족의 피로 물들지 않았고

친척들의 적의 피로 물들었습니다.

오, 리처드왕이시여! 요크는 너무나 깊은 슬픔에 빠졌습

니다.

안 그랬다면 결코 두 분을 비교하지 않았을 겁니다.

리처드왕   아니, 숙부님, 무슨 일이십니까?

요크   오, 폐하,   185

괜찮으시다면 저를 용서하소서. 아니라면 용서받지 못한
채로

저는 모든 처분을 달게 받겠습니다.

추방당한 허퍼드가 가진 왕족의 특권과 상속권을

빼앗아 두 손에 움켜쥘 생각이십니까?

곤트는 죽었지만 허퍼드는 살아 있지 않습니까?   190

곤트는 정의롭고 허퍼드는 진실하지 않습니까?

곤트에게는 마땅히 후계자가 있지 않습니까?

그 후계자는 유산을 상속받아 마땅한 아들 아닙니까?

허퍼드의 상속권을, 시간이 흐르는 동안 확립된

특권과 관습적 권리 들을 빼앗아 버리시지요.   195

그러면 내일이 오늘에 이어지지 않을 것입니다.

자신을 부정하세요. 정당한 순서와 상속권에 의하지 않고서

어떻게 왕이 되실 수 있습니까?

자, 하느님 앞에 맹세코 — 오, 하느님 제 말이 틀렸기를 —

허퍼드의 권리를 몰수하는 잘못을 저지르시고,   200

그가 자신의 권리를 되찾기 위해 변호인을 통해 소송을

제기하도록 그의 특허장을 거둬들이시고,

그가 맹세했던 충성을 거부하시면,

폐하는 수많은 위험을 머리에 뒤집어쓰고

수많은 충성스러운 신하들을 잃게 되며,   205

명예와 충성심 때문에 상상조차 할 수 없는

그런 생각을 하도록 제 순종적인 인내심을 자극할 것입니다.

리처드왕 무슨 생각을 하시든 짐은 그의 식기와 재산과 돈과
 땅을

이 손에 움켜쥐겠습니다.

요크 그렇다면 잠시 떠나 있겠습니다. 폐하, 안녕히 계십시오. 210

이로 인해 무슨 일이 일어날지 아무도 예측할 수 없지만

결과가 좋지 않으리라는 점만은

알 수 있지요. 과정이 옳지 않으니까요.   (퇴장)

리처드왕 부시, 곧장 재상인 윌트셔 백작에게 가시오.

이 일을 처리하기 위해 일리 하우스로 짐을   215

찾아오라 이르시오. 내일 아침

짐은 아일랜드로 가겠소. 내 생각에 때가 되었소.

짐이 없는 동안

영국의 통치자로 숙부인 요크 공을 임명합니다.

그는 정의롭고 항상 짐을 사랑한 분이니까요.   220

자, 갑시다, 왕비. 내일이면 이별이오.

잠시 떨어져 있을 뿐이니 쾌활한 마음을 가지시오.

          (리처드왕과 왕비, 오멀, 부시, 그린, 배곳 퇴장)

노섬벌랜드 자, 경들, 랭커스터 공작이 돌아가셨소.

로스 이제 아들이 공작이 되었으니 살아 계시기도 한 셈이

지요.

윌로비　수입은 없고 이름뿐인 공작이지요.　　　　　　　　225

노섬벌랜드　정의가 지켜졌더라면 둘 다 흡족할 터인데.

로스　마음속에 할 말은 많지만 자유롭게 내뱉으려면

침묵을 깨야만 합니다.

노섬벌랜드　아니, 속마음을 털어놓으시오. 경에게 해악을 끼

치려고

경의 말을 전하는 사람은 살아남지 못할 것이오.　　　230

윌로비　그 말씀은 경이 허퍼드 공작에게 직접 말하겠다는 뜻

입니까?

그렇다면 대담하게 속마음을 털어놓으세요.

공작을 위한 좋은 소식을 정말 듣고 싶소이다.

로스　상속 재산을 빼앗기고 박탈당한

공작을 동정하는 것을 좋은 일이라고 하지 않는다면　　235

내가 공작을 위해 할 수 있는 좋은 일이라곤 아무것도 없

습니다.

노섬벌랜드　하느님 앞에 맹세코, 이 기울어 가는 나라에서

왕손인 공작과 많은 귀족들이 그런 잘못을

못 본 체한다는 것은 수치입니다.

왕은 제정신이 아닙니다. 아첨꾼들이　　　　　　　　　240

단지 우리 모두가 싫다는 이유로 우리를

비방하는 말에 천하게 이끌려 왕은 우리와 우리 목숨과

우리 자식들과 우리 후계자들을 심하게

박해할 것입니다.

로스 왕은 혹독한 세금으로 평민들을 쥐어짜 내서   245
완전히 그들의 인심을 잃었습니다. 지난날의 분쟁을 핑계
로 귀족들에게
벌금을 부과해서 그들의 인심도 잃었습니다.

윌로비 매일같이 백지 수표니 강압적인 차용이니 운운하며
새로운 세금을 강요하고 있습니다.
정말이지 이러다가 어떻게 될까요?   250

노섬벌랜드 전쟁으로 국고가 소진된 것이 아닙니다.
조상들이 싸워서 얻은 것을 비굴한 타협으로 넘겼으니
왕은 전쟁을 하지도 않았어요.

로스 윌트셔 백작이 왕국을 임대지로 만들었습니다.

윌로비 왕은 완전히 파산했습니다.   255

노섬벌랜드 비난과 파산이 왕을 위협하고 있습니다.

로스 과도한 세금 징수로도 역부족이라
추방된 공작을 강탈하는 방법 말고 왕은
아일랜드 전쟁 비용을 충당할 방법이 없습니다.

노섬벌랜드 자신의 훌륭한 친척을 강탈하다니, 더없이 못난
왕이군!   260
경들, 이 무서운 폭풍우 소리가 들리는데도
우리는 이를 피할 안식처를 아직도 찾지 못했소.
태풍이 우리의 돛에 사납게 몰아치는데도
돛을 접지 않고 안전할 거란 환상에 빠져 죽어 가고 있소.

로스 난파가 코앞인데도 ²⁶⁵

　이를 초래한 것을 보고만 있어야 하니

　위험을 피하기는 불가능합니다.

노섬벌랜드 그렇지 않소. 죽음의 공허한 눈구멍 속에서도

　생명을 엿볼 수 있습니다. 그렇지만

　위안이 될 소식이 얼마나 가까이 있는지는 ²⁷⁰

　감히 말하지 못하겠습니다.

윌로비 우리의 생각을 들려드렸으니 공의 생각도 말해 주

　　시오.

로스 노섬벌랜드 백작, 안심하고 말하시오.

　우리 셋은 공과 한마음이고, 다들 한마음이니

　그대의 말은 우리 생각과 같습니다. 그러니 대담하게 말하

　　시오. ²⁷⁵

노섬벌랜드 그렇다면 들어 보시오. 브리타니에 있는 만(灣)인

　포르블랑에서 전갈을 받았소.

　허퍼드 공작 해리, 최근에 엑서터 공작과

　결별한 코범 공 레이놀드—어런들 백작인 리처드의 아들—

　공작의 형인 전 캔터베리 대주교, ²⁸⁰

　토머스 어핑엄 경, 존 램스턴 경,

　존 노베리 경, 로버트 워터턴 경, 그리고 프랜시스 코인트가

　브리타니 백작으로부터 전함 여덟 척과 병사 3천 명을 지

　　원받아

　서둘러 이곳으로 오고 있는데

곧 우리의 북부 해안에 당도할 예정이라는 내용이었소.   285

아마 지금쯤이면 벌써 당도했을 것이오. 그러나 그들은

왕이 먼저 아일랜드로 출발하기를 기다리고 있소.

우리를 속박하는 굴레를 벗어던지고,

기울어진 나라의 부러진 날개를 곧추세우고,

더럽혀진 왕관을 전당포에서 되찾아오고,   290

왕홀의 금빛을 흐리고 있는 먼지를 털어 내고,

지엄한 왕권의 본모습을 되찾아 줄 생각이시라면,

나와 함께 다들 서둘러 레이번스퍼로 갑시다.

겁이 나서 심장이 좁아든다면

입 다물고 그냥 계십시오. 나만 가겠습니다.   295

로스　말을 대령하라, 말을! 겁쟁이들이나 의심하라 하세요.

윌로비　말이 견뎌 준다면 내가 제일 먼저 그곳에 당도하겠소.

(퇴장)

제2장

왕비, 부시, 배곳 등장.

부시　왕비 폐하, 깊은 수심에 잠기셨군요.

전하와 헤어지실 때 생명에 지장을 주는

슬픔은 제쳐 놓으시고 즐거운 마음으로 사시겠다고

약속하셨잖습니까.

왕비   왕을 즐겁게 해드리려 그랬지요. 나를 즐겁게 하려고   5
그럴 수는 없군요. 나의 사랑스러운 리처드왕과 같은
상냥한 손님에게 이별을 고했지만 내가 왜
슬픔과 같은 그런 손님을 환대해야 하나요?
그렇지만 내가 생각하기에
행운의 여신의 자궁 속에서 다 자란 아직 태어나지 않은
　어떤 슬픔이   10
나를 향해 오고 있는 것 같고, 내 영혼이 공연히 떨린답니다.
주인이신 왕과 헤어진 것 이상으로
무언가에 영혼이 슬퍼집니다.

부시   하나의 슬픔은 스무 개의 그림자를 가지고 있답니다.
슬픔처럼 보이지만 실상은 그렇지 않은 것이지요.   15
앞을 가리는 눈물로 칠해진 슬픔의 눈은
온전한 하나를 마치 요술 거울처럼 여러 개로 나누지요.
그 거울을 정면에서 바라보면 뒤죽박죽이지만,
비스듬히 보면 형체가 보인답니다.
왕비 폐하께서도 왕과의 이별을   20
비스듬히 보고 계셔서 마땅한 슬픔보다
더 많은 슬픔의 모습들을 보고 계신 것입니다.
있는 그대로 보시면 실체가 없는
그림자에 불과한 것입니다. 그러니 더없이 아름다운 왕비
　폐하,

왕과 이별하셨으나 그것 이상으로 슬퍼하지 마세요.   25

슬퍼해야 할 이유는 하나뿐입니다.

그 이상으로 슬퍼한다면, 실재하는 것들 때문이 아니라

상상의 것들 때문에 울고 있는 슬픔의 잘못된 눈 때문입니다.

왕비 그럴지도 모르죠. 그렇지만 내 속마음은

그렇지 않다고 내게 말하는군요. 어찌 되었건 간에   30

나는 우울하지 않을 수가 없고, 극도로 우울해서

비록 실체 없는 허상을 생각하고 있다고 생각해도

그토록 우울한 허상이 나를 심약하고 두렵게 만든답니다.

부시 폐하, 그것은 단지 상상에 불과한 것입니다.

왕비 결코 상상이 아닙니다. 상상은 항상 앞선   35

슬픔에서 비롯하지만, 내 경우는 그렇지가 않습니다.

실체가 있는 내 슬픔은 무에서 태어났거나 아니면,

어떤 실체가 내 슬픔이란 허상을 잉태했기 때문이죠.

내가 가져야 할 것을 아직 상속받지는 못했죠. 그렇지만

아직 실체가 밝혀지지 않은 그의 이름이 무엇인지   40

나는 아직 말할 수 없답니다.

그러니 내가 알고 있는 것은 이름 없는 고뇌입니다.

그린 등장.

그린 왕비 폐하, 만수무강하소서. 여러분, 잘 만났소.

왕께서 아직 아일랜드로 향하는 배에 오르지 않으셨으면

합니다.

왕비 왜 그러십니까? 배에 오르셨기를 바라야지요.   45
 왕의 계획을 이루려면 서둘러야 하고, 서둘러야 기쁜 희망
 이 있으니까요.
 그런데도 어째서 왕이 배에 승선하지 않았기를 바란단 말
 입니까?

그린 폐하께서 군사를 돌리셔서
 막강한 군대를 이끌고 이 땅에 상륙한
 적의 희망을 꺾어 절망으로 바꾸어 놓길 바라기 때문입니다.   50
 추방당한 불링브루크가 스스로 추방을 파기하고
 군대를 이끌고 레이번스퍼에
 안전하게 당도했습니다.

왕비   세상에, 하느님!

그린 아, 폐하, 이것은 분명한 사실입니다. 설상가상으로
 노섬벌랜드 백작과 그의 아들 젊은 해리 퍼시,   55
 로스, 보몬트, 윌로비 경이
 자신들의 막강한 친구들과 함께 그에게 달려가 합세했습
 니다.

부시 어째서 경들은 노섬벌랜드와 나머지 무리들을
 반란자들, 대역죄인들이라고 선포하지 않으셨습니까?

그린 그리했습니다. 그러자 우스터 백작이 집사장의 봉을   60
 꺾어 버리고 집사장직을 사임해 버렸고
 왕실의 모든 집사들이 그와 함께

불링브루크 진영으로 달아나 버렸습니다.

왕비　그렇다면 그린이여, 그대는 내 고통의 산파이고

불링브루크는 내 슬픔의 암울한 신생아로군요.　　　　　　65

이제 내 영혼은 괴물을 출산했으니

숨을 헐떡거리는 산모인 나는

고통에 고통을, 슬픔에 슬픔을 더해 놨군요.

부시　폐하, 절망하지 마십시오.

왕비　　　　　　　　　　　누가 나를 막을 수 있단 말이오?

나는 절망하여 속임수 가득한 희망과　　　　　　　　　70

대적하겠소. 희망이란 아첨꾼이고

기생자이고, 헛된 희망으로 끝까지 지속되는

삶의 끈을 조용히 풀어 헤칠

죽음을 더디 오게 하는 자랍니다.

요크 등장.

그린　요크 공작이 오시는군요.　　　　　　　　　　　　75

왕비　그의 늙은 목에 갑옷을 걸치고 오시는구려.

아, 그의 표정에 걱정스러운 근심이 가득하군요!

숙부님, 제발 위안이 되는 말씀을 해주세요.

요크　마음 같아서야 저도 그러고 싶답니다.

위안은 하늘에 있고, 우리는 고난과 근심과　　　　　80

슬픔만이 가득한 이 지상에 있습니다.

부군께서는 먼 곳을 지키기 위해 가셨는데
다른 자들이 침노해 안방을 잃게 만드는군요.
나이 들어 저 자신도 지탱할 수 없을 정도로 연약한 몸이
이곳에 남아 나라를 지탱하고 있습니다.   85
왕의 포식으로 인한 병이 이제 나타났으니
왕께 아첨했던 친구들이 시험대에 오르게 되었군요.

                       하인 한 명 등장.

하인 주인님, 제가 오기 전에 아드님이 떠났습니다.

요크 사실이냐? 그렇다면 다들 갈 데로 가라고 하지.
      귀족들은 달아났고, 평민들은 냉담하지만   90
      내 생각에는 반역자 허퍼드 편에 가담하겠지.
      여봐라, 너는 플레시에 있는 형수 글로스터 공작 부인께
         가서
      곧장 내게 1천 파운드를 보내라고 전해라.
      잠깐, 내 반지를 가져가거라.

하인 주인님, 깜박 잊고 말씀드리지 못했습니다.   95
      오늘 제가 오는 길에 그곳에 들렀는데 —
      나머지를 말씀드리면 슬퍼하실 것 같습니다.

요크 그래, 무엇이냐?

하인 제가 오기 한 시간 전에 공작 부인이 돌아가셨습니다.

요크 자비의 하느님이시여! 얼마나 많은 고통스러운 소식들이 100

고통에 찬 이 땅에 한꺼번에 몰려오고 있는지!

어찌할 바를 모르겠구나. 하느님께 바라건대,

나의 불충에 하느님께서 진노치 않으셨기를.

왕이 예전에 형님과 함께 내 목도 잘라 주었더라면.

아니, 아일랜드로 전령들을 급파하지 않았단 말인가?   105

이번 전쟁의 군비는 어떻게 조달한단 말인가?

자, 형수님, 아니 조카라 부른다는 것을 잘못 말했군요.

여봐라, 왕궁에 가서 짐마차를 마련해서

거기 있는 무구들을 가져오너라.   (하인 퇴장)

경들은 가서 병사들을 모아 주시겠소?   110

이처럼 엉망으로 내 손에 내던져진

이 사태를 도대체 어떻게 수습해야 할지 모르겠소.

두 사람 다 내 친척이오.

한 사람은 충성 서약과 신하 된 도리로

섬겨야 할 왕이고, 다른 한 사람은   115

왕에게 억울하게 당한 내 조카요.

양심으로나 친척 어른의 도리로나 이는 바로잡아 줘야 하오.

자, 어떤 식으로든 조치를 취해야만 하오. 자, 조카님,

거처는 제가 마련해 드리죠. 경들은 가셔서 병사들을 모아

버클리성에서 곧장 나와 합류해 주시오.   120

나도 플레시로 가야겠지만

시간이 허락하지 않는군요. 만사가 순탄치 않고

온통 난장판입니다.   (요크와 왕비 퇴장)

부시　아일랜드로 소식을 전하기에는 바람이 순풍이지만

　　　돌아오는 소식은 없군요. 적에게 버금가는 군사를　　　　125

　　　우리가 모으는 것은 완전히 불가능합니다.

그린　더군다나 우리가 왕의 총애를 받고 있으니

　　　왕을 싫어하는 사람들에게 우리는 증오의 대상이지요.

배곳　문제는 흔들리는 평민들입니다. 그들의 충성심은

　　　자신들 지갑 안에 있어 지갑을 비우는 자는　　　　　　130

　　　그만큼 백성들 마음을 끔찍한 증오로 채워 놓습니다.

부시　그 점에서 왕은 모두에게 저주를 받고 있소.

배곳　그들이 재판관이라면 우리 목숨 역시 그들 손에 달렸소.

　　　우리는 지금껏 왕의 총애를 받았으니 말이오.

그린　자, 나는 곧장 브리스틀성으로 피신하겠소.　　　　　　135

　　　월트셔 백작은 이미 그곳에 가 있소.

부시　나도 같이 가겠소. 증오에 찬 평민들은

　　　개처럼 우리를 갈기갈기 찢어 놓기나 할 뿐

　　　우리에게 거의 도움이 안 될 것입니다.

　　　경도 우리와 함께 가시겠습니까?　　　　　　　　　　　140

배곳　아닙니다, 나는 아일랜드에 있는 폐하께 가겠습니다.

　　　잘들 가시오. 예감이 틀리지 않는다면

　　　우리 세 사람은 여기서 헤어지면 다시는 만나지 못할 것입
　　　니다.

부시　그건 요크 공이 불링브루크를 성공적으로 물리치느냐
　　　에 달렸습니다.

그린　아, 가엾은 공작! 그가 떠맡은 일은

모래알을 세고 대양이 바닥을 드러낼 정도로 마셔 버리는
것과 같습니다.

한 명이 그의 편에서 싸우면 1천 명이 달아날 것입니다.

다들 영원히, 영원히 안녕히 가시오.

부시　자, 다시 만나게 될 겁니다.

배곳　　　　　　　　　　나는 영원히 못 만날 것만 같소.

　　　　　　　　　　　　　　　　　(모두 퇴장)

제3장

불링브루크와 노섬벌랜드 등장.

불링브루크　백작, 이제 버클리성까지는 얼마나 남았습니까?

노섬벌랜드　공작님, 정말이지

이곳 글로스터셔는 제게 낯선 지역입니다.

이 높고 거친 구릉지와 고르지 못한 들길들로 인해서

갈 길이 더디고 힘이 드는군요.

그렇지만 공의 설탕같이 훌륭한 말솜씨가

힘든 여정을 달콤하고 즐겁게 합니다.

공과 함께하지 못하니 로스와 윌로비에게는

레이번스퍼에서 코츠홀로 가는 길이

얼마나 지루할까 하는 생각이 드는군요.   10

저야 공과 함께해서 지루한 여정을

아주 쉽게 왔습니다.

그러나 지금 제가 누리는, 공과 함께 있는 이 기쁨을

자신들도 곧 누리게 된다는 희망으로 그들 역시 지루한 줄

　모를 것입니다.

누리게 될 희망이나 누린 희망이나   15

기쁨의 크기는 비슷한 법입니다.

제가 공과 함께 길동무 되어 먼 길을 금방 왔듯이

피곤에 지친 그들도 이 희망으로 인해

먼 길이 가까워 보일 것입니다.

볼링브루크 　과한 칭찬과 달리 제가 길동무 되어 드린 것이   20

　큰 도움은 못 되었을 것입니다. 그런데 이게 누구지요?

해리 퍼시 등장.

노섬벌랜드 　어디 있는지 모르겠지만 제 동생 우스터가 보낸

　제 젊은 아들놈 해리 퍼시입니다.

　해리야, 네 숙부님은 어떠시냐?

퍼시 　아버님, 아버님께 숙부님의 안부를 여쭐 생각이었습니다.   25

노섬벌랜드 　그렇다면 동생이 왕비 폐하와 같이 있지 않단 말

　이냐?

퍼시 　그렇습니다. 숙부님은 궁을 버렸고

집사장의 봉을 꺾어 버렸고 왕의 식솔들을
해산시켜 버렸습니다.

노섬벌랜드   무슨 이유로 그랬느냐?
지난번에 우리가 함께 얘기를 나누었을 때는 그럴 생각이
아니었는데.   30

퍼시   아버지가 반역자로 공표되었기 때문입니다.
숙부님은 허퍼드 공작을 섬기기 위해
레이번스퍼로 가셨고,
저를 버클리로 보내시면서
요크 공작이 그곳에서 군사를 얼마나 모았는지 알아보고   35
레이번스퍼로 돌아오라고 지시하셨습니다.

노섬벌랜드   애야, 허퍼드 공작을 잊었단 말이냐?

퍼시   아닙니다, 아버지. 기억에 없는 것은 잊은 것이
아니지요. 제가 알기로는
전에 공작을 뵌 적이 없습니다.   40

노섬벌랜드   그렇다면 지금부터 기억해 둬라. 이분이 공작이
시다.

퍼시   공작님, 제 충성을 바칩니다.
비록 지금은 연약하고 서툴고 어리지만
시간이 지나면 무르익어 보다 합당하고
쓸모 있는 일에 소용이 될 것입니다.   45

불링브루크   고맙소. 기억해 두시오, 나는
내 친구들을 기억하며 최고의 행복을 찾는 사람이오.

나의 행운이 그대의 사랑으로 무르익음에 따라

그대의 진실한 사랑에 보답이 될 것이오.

이 마음의 약속에 이렇게 손으로 도장을 찍겠소.   50

노섬벌랜드 버클리까지는 얼마나 남았고, 늙은 요크 공은

자신의 병사들과 어떤 행동을 취하고 있느냐?

퍼시 저기 보이는 나무숲 옆에 성이 있는데,

제가 듣기로는 3백의 병사들이 지키고 있다 합니다.

그곳에 요크, 버클리, 그리고 시모어 공이 머물고 있습니다.   55

귀족은 그들뿐입니다.

로스와 윌로비 등장.

노섬벌랜드 로스와 윌로비 공이 오시는군.

박차를 가하느라 피가 묻었고, 서둘러서 얼굴이 벌겋군요.

불링브루크 잘들 오셨습니다. 경들의 사랑이 추방당한 반역
자를

쫓는 것 같군요. 내가 가진 재산이라고는   60

단지 고맙다는 말뿐이지만, 때가 되어 재산을 찾으면

경들의 사랑과 수고에 보답할 것입니다.

로스 공작님, 함께하는 것만으로도 우린 벌써 부자가 되었습
니다.

윌로비 우리의 수고로움과는 비교가 안 되지요.

불링브루크 가난한 자의 금고에는 항상 고맙다는 인사만 들

어 있을 뿐이지요.

갓난아기인 내 재산이 성년이 되기 전까지는

감사 인사가 내 전 재산입니다. 그런데 이게 누구지요?

버클리 등장.

노섬벌랜드   제 생각으로는 버클리 공입니다.

버클리   허퍼드 공작께 전달할 것이 있습니다.

불링브루크   경은 나를 랭커스터라고 불러 주시오.   70

나는 영국에 있는 그 이름을 찾으러 왔으니

경의 말에 어떤 방식으로든 대답하기 전에

경의 입에서 그 칭호를 들어야겠습니다.

버클리   오해하지 마시오. 공의 명예로운 칭호를 하나라도

지울 생각은 없습니다.   75

무슨 칭호를 원하시든 간에 내가 공에게 온 까닭은

이 땅의 가장 훌륭하신 섭정인 요크 공작께서,

공은 무슨 이유로 왕이 부재한 틈을 이용해서

흉측한 무기를 들고 조국의 평화를 위협하는지

알아보라 했기 때문입니다.   80

요크 등장.

불링브루크   경을 통해 나의 대답을 전할 필요가 없게 되었소.

섭정께서 몸소 오셨습니다. 숙부님.   (무릎을 꿇는다)

요크 거짓되고 속임수에 불과한 충성을 보이는

너의 무릎이 아니라 너의 겸손한 심장을 내게 보여 주어라.

불링브루크 자애로우신 숙부님 —   85

요크 쯧, 쯧! 〈자애로우니〉, 〈숙부〉니 하는 말을 내게 하지
마라.

나는 반역자 조카를 둔 적이 없고, 불손한 입으로 말하는

〈자애〉라는 말은 불경스러울 뿐이다.

무슨 이유에서 추방당한, 입국이 금지된 몸이

영국의 흙을 감히 한 번이나마 밟을 생각을 한단 말이냐?   90

그래, 더 물어보자. 무슨 이유로 평화로운 영국의 한복판
까지

그 먼 길을 진군해 와서

경멸스러운 무기들을 과시하며

겁에 질린 마을들을 전쟁의 두려움에 떨게 만든단 말이냐?

기름 부음을 받은 왕이 이곳에 안 계시기에 왔느냐?   95

어리석은 놈, 왕의 직분은 뒤에 남아

내 이 충성스러운 가슴 속에 왕권이 있다.

너의 부친 곤트와 내가 수천의 프랑스 병사들로부터

흑태자,[5] 군신 마르스 같은 젊은이를 구출해 내던 때처럼

내가 지금도 혈기 방장한 젊은이라면   100

---

5 에드워드 3세의 장남이자 리처드 2세의 아버지인 에드워드 왕세자의 별칭. 늘
검은 갑옷으로 무장한 데서 붙여진 별명.

지금은 수전증에 걸린 내 이 팔이 지체 없이

너를 징벌하고

너의 잘못을 바로잡아 줄 터인데!

불링브루크 자애로우신 숙부님, 제 잘못을 알려 주십시오.

무슨 법을 어겼고 무슨 잘못을 했단 말입니까? 105

요크 큰 반란과 끔찍한 모반을 저질렀으니

대역죄지.

추방당했던 몸이 선고한 기간이 끝나기도 전에

고국에 돌아와서는

왕을 향해 무기를 흔들어 대고 있구나. 110

불링브루크 허퍼드란 이름으로 추방당했지만

돌아온 지금은 랭커스터 칭호를 찾으러 왔습니다.

숙부님, 숙부님께 청하오니

사심 없이 제 잘못을 살펴 주십시오.

숙부님은 아버지이십니다, 숙부님을 보면 115

살아 계신 늙은 부친을 뵙는 것 같으니까요. 그렇다면, 아,

　아버님,

강제로 제 권리와 재산이 제 손에서 강탈당해

벼락출세한 난봉꾼들에게 주어진 마당에,

제가 방황하는 유랑자로 남아 있게 되는 그 저주를

용납하시겠다는 것입니까? 이런 꼴을 당하려고 제가 태어

　났습니까? 120

사촌이 영국의 국왕이라면

저도 랭커스터 공작직을 받아야 합니다.

숙부님도 제 사촌인 오멀을 아드님으로 두셨지요.

숙부님이 먼저 돌아가셨는데 아드님이 저같이 짓밟힌다면

아드님은 숙부인 곤트를 아버지로 삼아   125

자신이 당한 잘못된 처사를 알리고 바로잡아 달라고 청했
    을 것입니다.

제 특허장이 그런 권리를 허용하고 있음에도 불구하고

저는 이곳에서 작위 소청권도 기각당했습니다.

제 부친의 재산은 모두 차압당해 팔렸습니다.

모두가 잘못된 일입니다.   130

제가 어떻게 했으면 좋겠습니까? 저는 신하로서

저의 법적 권리를 주장하는 바입니다. 변호인 선임도 거부
    당해서

개인적으로 저는 정당하게 물려받은 유산을

되찾아야 한다고 주장하는 것입니다.

노섬벌랜드   공작님은 너무나 억울합니다.   135

로스   섭정께서 억울함을 바로잡아 주셔야 합니다.

윌로비   비천한 것들이 공작의 재산으로 크게 되었습니다.

요크   영국의 귀족들이여, 내 말을 들어 보시오.

나도 조카의 부당함을 느껴 왔고

바로잡으려고 무진 애를 써왔습니다.   140

그러나 여러분처럼 이런 식으로 무기를 들고

불의한 방법으로 정의를 구한다는 명분으로

공작을 왕으로 옹립하고 그가 나아갈 길을 닦는다고요? 안

   될 일입니다.

이런 식으로 공작을 부추기는 여러분은

모두 반란을 꾀하는 반란자들입니다.   145

노섬벌랜드   공작은 맹세코 자신의 것을 찾으러 왔을 뿐이라고

말했습니다. 우리 모두 자기 권리를 되찾으려는

공작을 돕겠다고 굳게 맹세했습니다.

그 맹세를 저버리는 자는 기쁨을 누리지 못할 것입니다.

요크   자, 자. 무기를 든 이유를 알겠소. 그렇지만   150

나는 힘이 없고 모든 것이 엉망이니

솔직히 말하자면 나도 이 문제를 바로잡을 수가 없소.

내게 생명을 주신 하느님께 맹세코, 할 수만 있다면

여러분을 모두 체포하여 지엄하고 자비로우신 왕 앞에

무릎 꿇게 하고 싶소.   155

그러나 그럴 수 없으니 나는 중립임을

여러분은 알아 두시오. 그러니 성안으로 들어가서

오늘 밤을 거기서 유숙할 생각이 아니라면 다들 잘 가시오.

불링브루크   숙부님, 그 제안을 받아들이겠습니다.

그러나 숙부님은 우리와 함께 브리스틀성까지   160

가셔야겠습니다. 사람들 말로 그곳에

부시와 배곳 일당이 있다고 합니다.

저는 조국을 좀먹는 이 기생충들을

뿌리 뽑고 제거하기로 맹세했습니다.

요크   자네들과 함께 갈 수는 있지만 여기 좀 더 머물겠소.   165

국법을 어기기는 싫으니까.

자네들은 내게 친구도 아니요, 그렇다고 적도 아니오.

돌이킬 수 없는 일들은 이제 내 관심 밖이오.   (퇴장)

제4장

솔즈베리 백작과 웨일스의 지휘관 등장.

지휘관   솔즈베리 백작님, 우리는 열흘 동안 기다렸고

동료들을 간신히 규합해 놓았습니다.

그러나 왕에게서는 아무 소식도 없으니

이제는 해산하겠습니다. 안녕히 계십시오.

솔즈베리   믿음직한 웨일스인이여, 하루만 더 기다려 주시오.   5

왕은 전적으로 그대를 신뢰하고 있소.

지휘관   다들 왕이 돌아가셨다고 여기고 있습니다. 더 기다리

지 않겠습니다.

우리 지역 월계수는 다 시들었고

유성들이 하늘의 뭇별들을 놀라게 하고 있습니다.

얼굴 창백한 달은 핏빛으로 땅을 내려다보고 있으며   10

보기에도 마른 점쟁이들은 끔찍한 변화를 입에 올리며 소

곤대고 있습니다.

부자들은 가진 것을 잃을까 봐 두려워 심각해 보이고,
악당들은 전쟁의 광기를 즐기겠다고
춤추며 날뛰고 있습니다.
이런 것들은 제왕의 죽음이나 몰락을 알리는 징표들이죠.   15
안녕히 계십시오. 우리의 병사들은 자신들의 왕 리처드가
죽었다고 확신하고 다들 흩어지고 달아나 버렸습니다.

(퇴장)

솔즈베리   아, 리처드왕이여! 슬픈 내 마음의 눈에
그대의 영광이 유성처럼
하늘에서 천한 지상으로 떨어지고 있음이 보이는군요.   20
그대의 태양은 서쪽 낮은 하늘에서 울며 지고 있고,
고통과 폭동의 폭풍이 다가오고 있음을 알려 줍니다.
그대의 친구들은 그대의 적을 섬기려고 도망해 버렸고,
모든 행운이 그대와는 정반대 쪽으로 가고 있습니다. (퇴장)

제3막

제1장

불링브루크, 요크, 노섬벌랜드, 로스, 퍼시, 윌로비가
부시와 그린을 포로로 잡아서 등장.

불링브루크　저자들을 데려오시오.
　부시와 그린은 들어라, 너희들의 영혼이 곧 너희들의
　육체를 떠날 것이니 너희들의 사악한 삶을
　지나치게 강조해서 너희들의 영혼을 괴롭히지 않겠다.
　그건 너무 잔혹하니까. 그러나 내 손에서 너희들의 　　　　　　5
　피를 씻어 내기 위해서 여기 사람들이 보는 가운데
　너희들이 죽어야 하는 이유를 몇 가지 밝히겠다.
　너희들은 군주를 오도했다. 훌륭한 왕이자
　혈통에 있어서 재능 있는 분이
　너희들 때문에 불행해졌고 완전히 망가졌다. 　　　　　　　10
　너희들은 죄 많은 시간을 보내며 어떤 점에서는

왕과 왕비 사이를 갈라놓았고

왕의 침대를 나눠 가졌으며

너희들의 더러운 비행으로 왕비의 눈에서 눈물을 자아내

아름다운 왕비의 뺨을 더럽혀 놓았다.   15

출생의 행운을 입고 태어난 왕의 근친, 너희들이 왕으로
  하여금

오해하게 만들기 전까지는 왕의 사랑을 받던

타고난 왕족인 나 자신도 너희들의 해악으로 인해

목을 조아리고, 추방이란 쓴 빵을 먹으면서

외국의 하늘 아래서 영국인의 숨결을 한숨으로 토해 냈다.   20

그러는 동안 너희들은 내 재산을 파먹고

나의 사냥터를 파헤치고, 나의 삼림을 베어 냈으며

내 창문에서 내 가문의 문장을 떼어 냈고

내 문장을 지워 버려, 내가 세상에 귀족임을

내보일 수 있는 것이라곤 사람들의 평판과 살아 뛰는   25

핏줄을 제외하곤 어떤 징표도 남기지 않았다.

이것과 이 이상, 이보다 두 배나 많은 이유로

너희들을 사형에 처한다. 이들을 형장에 있는

형리의 손에 데려다주시오.

부시   불링브루크가 영국에 온 것보다   30

  형리의 도끼질을 나는 더 환영하오. 경들, 잘 계시오.

그린   하늘이 우리의 영혼을 받아 주고, 지옥의 고통으로

  불의를 징벌할 것이니, 그것이 나의 위안이오.

불링브루크　노섬벌랜드 경, 저들을 데려가시오.

(노섬벌랜드 백작이 포로들과 함께 퇴장)

　숙부님, 왕비께서 숙부님 댁에 계신다고 하셨죠.　　35

　제발 왕비 폐하를 잘 대해 주세요.

　제가 안부 전한다고 말해 주십시오.

　특별히 신경 써서 제 안부 인사를 전해 주십시오.

요크　너의 안부 편지와 함께 내가 믿는 양반에게

　전권을 주어 왕비께 보냈다.　　40

불링브루크　숙부님, 감사합니다. 자, 경들은

　글렌다우어와 그의 일당에 맞서 싸우러 갑시다.

　잠시만 수고하면 휴식이 뒤따를 것입니다.

제2장

북소리, 나팔 소리. 군기들.

리처드왕, 오멀, 칼라일과 병사들 등장.

리처드왕　내가 보는 이 성이 바클러리성인가?

오멀　그렇습니다, 폐하. 파도치는 바다에서 흔들리며 항해한 끝에 맛보는

　육지 공기가 어떻습니까, 폐하?

리처드왕　심히 흡족하오. 다시 내 왕국에 발을 내딛다니

기뻐서 눈물이 납니다.   5
사랑스러운 대지여, 반란군들이 말발굽으로 그대를 헤집
　　고 있지만
어디 만져 보자.
오래 떨어졌던 어미가 아이와 다시 만남에
눈물 흘리고 미소 지으며 다정하게 놀듯이,
나의 대지여, 울고 미소 지으며 나도 너에게 인사를 보내고   10
왕의 손으로 너에게 호의를 보낸다.
친절한 나의 대지여, 네 군주의 적을 먹여 주지도 말고
너의 단것으로 그 게걸스러운 입을 채워 주지 마라.
너의 독을 빨아들인 독거미와 발걸음 느린 두꺼비들을
그자들이 가는 길에 뿌려   15
찬탈의 발걸음으로 너를 짓밟고 있는
모반자들의 발을 물도록 하라.
나의 적들에게 찌르는 엉겅퀴를 가져다주고,
너의 가슴에서 그들이 꽃을 꺾을 때
부디 숨은 독사로 그 꽃을 감싸   20
그 갈라진 혀에 물려 치명상을 입고
네 군주의 적들이 죽어 넘어지게 하라.
경들은 대지에 보내는 나의 탄원을 비웃지 마시오.
이 땅도 감정이 있을 것이고, 이 돌들도
자신들의 고국에서 태어난 왕이 더러운 반란군의 발아래   25
쓰러지기 전에 무장한 군인으로 변할 것이오.

칼라일 폐하, 걱정하지 마십시오. 폐하를 왕으로 책봉한 하느

      님이

  어떤 일이 있어도 왕위를 지켜 주실 것입니다.

  하늘이 내려 주시는 방법을 거부할 것이 아니라

  받아야 합니다. 안 그러면 하늘이 원하는 바를   30

  인간이 거부하는 셈입니다. 우리가 거부하지 않는 한

  하늘은 도움과 해결책을 제시해 줍니다.

오멀 폐하, 주교의 말씀은 우리가 확신에 차서

  너무나 태만히 여기 있는 동안 불링브루크는

  물자와 군사가 늘어나고 강해지고 있다는 뜻입니다.   35

리처드왕 나를 불편하게 하는 사촌이여, 하늘의 태양이

  지구 뒤에 숨어 지하 세계를 비출 때에야

  도둑과 강도 들이 숨어서 활개 치고 다니며

  이곳에서 대담하게 살인과 범죄를 저지른다는

  사실을 그대는 모른단 말이오?   40

  그러나 태양이 이 둥근 지구 아래로부터

  동쪽 소나무들의 우뚝한 꼭대기를 비추고

  은밀한 죄의 구멍에 빛을 쏘아 대면

  살인, 모반, 끔찍한 죄악 들은

  밤의 외투를 등에서 벗게 되고   45

  벌거벗은 채 서서 부들부들 떨지 않소?

  짐이 극 지점들을 배회하는 동안

  내내 밤의 잔치를 즐겼던

이 도둑, 이 모반자 불링브루크도 마찬가지로
동쪽 용상에서 솟아오르는 짐을 보면   50
그의 모반은 대낮의 모습을 견딜 수 없어
얼굴을 붉힐 것이고
스스로 겁에 질려 자신의 죄악에 떨게 될 것이오.
거칠게 요동치는 바닷물로도
기름 부음을 받은 왕의 성유를 씻어 낼 수 없소.   55
세속적인 인간의 숨결로는
하느님이 선택한 대리자를 폐위할 수 없단 말이오.
짐의 황금 왕관을 향해 사악한 쇠를 치켜들도록
불링브루크가 징병한 한 사람 한 사람에 대해
하느님께서는 리처드를 위해 영광의 천사를   60
준비시켜 놓았으니 그들은 대가를 치를 것이오. 그러니 천
　사들이 싸우면
약한 인간은 쓰러질 수밖에. 하늘은 정의로운 자를 보호하
　는 법이오.

솔즈베리 등장.

잘 오셨소, 백작. 경의 군대는 얼마나 떨어져 있소?
솔즈베리　폐하, 이 연약한 팔보다 가까운 데에도 먼 데에도
군사는 없습니다. 말씀드리기 어려우나   65
절망적인 보고밖에 드릴 수가 없습니다.

폐하, 송구스러우나 하루 늦은 관계로

폐하의 이 땅에서 누린 모든 행복한 날들이 먹구름에 가려
　졌습니다.

아, 어제를 불러오시고 시간을 되돌리신다면

1만 2천의 병사들을 얻을 것입니다.　　　　　　　　　　　70

때늦은 오늘, 불행한 오늘이

폐하의 기쁨과 친구들, 행운과 왕권을 쓸어 버렸습니다.

폐하가 돌아가셨다는 소문을 들은 웨일스 군사들이 모두

불링브루크에게 갔거나 흩어져 도망해 버렸습니다.

오멀　폐하, 고정하십시오. 왜 이리 창백해 보이십니까?　　75

리처드왕　2만 병사들의 피가

내 얼굴에서 개선 잔치를 벌이다 도망해 버렸는데

그 피가 얼굴로 돌아오기 전까지는

주검처럼 창백해 보이는 것이 당연하지 않소?

시간이 내 자만심에 오점을 남겨 놓았기에　　　　　　　80

목숨을 부지하고 싶은 영혼들은 다들 내 곁에서 달아나는
　구려.

오멀　폐하, 상심하지 마소서. 왕의 위엄을 기억하소서.

리처드왕　깜박했소이다. 내가 왕이 아니오?

일어나라, 너 겁쟁이 왕아! 너는 잠들어 있구나.

왕의 이름이 2만 병사들과 맞먹지 않소?　　　　　　　85

나의 이름이여, 무장하라, 무장. 조무래기 신하가

너의 위대한 영광을 때리고 있다. 땅을 보지 마라.

그대들 왕의 총신들이여, 짐이 우뚝 서 있지 않소?

생각을 높은 데에 둡시다. 요크 숙부님이 전세를 우리 편에

유리하게 돌릴 충분한 힘을 가지고 있습니다. 그런데 이게

누구지요?   90

스크루프 등장.

스크루프 폐하, 슬픔에 길든 제 혀로 다 말씀드릴 수 없는

만수무강을 누리소서.

리처드왕 귀는 열려 있고, 마음은 들을 준비가 되어 있소.

최악의 소식이라야 세상에서 당하는 패배겠지.

그래, 왕국을 잃었단 말이오? 아니, 걱정거리였는데   95

걱정거리를 없앤 것이 무슨 손해란 말이오?

불링브루크가 짐처럼 위대해지려고 분투한다 해도

더 위대해질 수는 없을 것이오. 그가 하느님을 섬긴다면

짐도 하느님을 섬길 것이고, 그자와 섬김의 동무가 되겠소.

짐의 백성들이 반란을 일으켰다고? 그거야 짐도 속수무책

이지.   100

그들은 짐뿐만 아니라 하느님에 대한 충성도 저버린 것

이오.

고통과 파괴와 폐허와 쇠망이 날뛰게 하시오.

최악은 죽음이고 죽음이 승리를 누릴 것이오.

스크루프 폐하께서 재앙 같은 소식을 들으실 준비가

단단히 되어 있으시다니 기쁩니다.   105

세상이 온통 눈물로 녹아내린 듯

은빛 강물이 해안을 집어삼키게 만드는

때아닌 폭풍우처럼,

불링브루크의 분노는 한없이 높게 치솟아

겁에 질린 폐하의 국토를   110

단단하고 번쩍이는 쇠와 쇠보다 더 단단한 심장들로

뒤덮고 있습니다.

백발노인들도 폐하께 대적하여 술 없고 벗어진 머리통을

무장했고, 목소리가 여자 같은 어린아이들도

애써 큰 소리를 지르고, 폐하의 왕관에 대적하여   115

연약한 사지를 그들 힘에 부치는 단단한 갑옷으로 감싸고

　　있습니다.

폐하의 기도꾼들도 폐하의 왕권을 겨냥하여

치명적인 주목나무 활을 당기는 법을 배우고 있습니다.

정말이지, 베 짜는 여인들마저 폐하의 권좌를 향해

녹슨 장대를 휘둘러 댑니다. 젊은이나 늙은이 모두 반란에

　　가담하여,   120

제가 다 말씀드릴 수 없을 정도로 상황이 험악합니다.

리처드왕　　그런 심한 얘기를 그대는 정말 잘도 하는구려.

윌트셔 백작, 배곳, 부시, 그린은

다들 어디에 있기에

그 위험한 적이 짐의 영토를 아무런 저항도 받지 않고   125

혜집고 다니도록 놔두고 있단 말입니까?

짐이 승리하면 이들은 죽음으로 대가를 치를 것이오.

내 장담컨대 이들은 틀림없이 불링브루크와 화해했소.

스크루프 폐하, 그들은 정녕 그와 화해했습니다.

리처드왕 아, 영원히 저주받을 악당들, 독사 같은 놈들!   130

아무한테나 쉽게 아양 떠는 개들!

내 심장의 피로 몸을 녹인 후 그 심장을 무는 독사들!

유다보다도 세 배나 악독한 세 명의 유다 같은 놈들!

그들이 화해를 바랐단 말인가? 끔찍한 지옥의 유황불이

죄로 얼룩진 그들의 영혼에 퍼부어졌으면!   135

스크루프 달콤한 사랑이 그 속성이 변하여

가장 통렬하고 끔찍한 증오로 변하는군요.

그들의 영혼에 내린 저주를 거두소서. 그들은 손이 아니라

자신들의 머리로 화해를 이룬 것입니다. 폐하께서

저주하는 자들은 참수의 도끼질을 당해   140

텅 빈 땅속 깊이 묻혀 있습니다.

오멀 부시와 그린과 윌트셔 백작이 죽었단 말입니까?

스크루프 그렇습니다. 그들 모두 브리스틀에서 목이 잘렸습니다.

오멀 나의 부친 요크 공작은 군대를 끌고 어디에 계십니까?

리처드왕 어디 있든 상관없소. 위로의 말은 하지 마시오.   145

무덤과 구더기와 묘비에 관해 얘기하고

먼지를 종이 삼고 눈물을 먹물 삼아

대지의 한복판에 슬픔을 기록합시다.

유언 집행인을 선택하고 유언에 대해 얘기합시다.

아니, 틀렸소. 우리 땅도 목숨도 불링브루크의 소유이니   150

처분된 시체 말고 우리가 땅에

무엇을 줄 수 있겠소?

죽음 말고는 우리 소유라 할 수 있는 것이 없고

반죽이 되어 우리의 유골을 덮어 줄

조그만 땅덩이만이 우리 것이오.   155

자, 다들 이 땅에 앉아서

죽어 간 왕들에 대해 진지한 이야기를 해봅시다.

누구는 폐위되었고, 누구는 전사했고,

누구는 자신들이 폐위한 왕들의 유령에 쫓기었고,

누구는 왕비에게 독살되었고, 누구는 자다가 살해되었고 —   160

다들 살해된 자들 말입니다. 왕의 관자놀이를 감싸고 있는

텅 빈 왕관 속에서 죽음이란 놈이 자신의 왕궁을

지키고 있고, 거기에 앉아 있는 광대가

그의 왕권을 조롱하고 그의 화려함을 비웃으며

죽음에 숨결을 부여해서 왕권을 행사하고   165

그 표정으로 두려움을 안겨 주고 사람을 죽이는

희귀한 장면을 연출합니다.

우리 삶을 마치 벽처럼 둘러싸고 있는 이 육신이

꿰뚫을 수 없는 쇠라도 되는 듯이 왕에게

자만심과 헛된 망상을 심어 줍니다.   170

이런 들뜬 상태에서 마지막 순간이 찾아오면

작은 핀으로 그의 성벽을 뚫어 버립니다.

그러면 왕과는 이별입니다!

모자들을 쓰시고 엄숙한 예의로

피와 살뿐인 자를 조롱하지 마시오. 예의와 전통과   175

형식과 의례상의 의무를 던져 버리시오.

여러분들은 그동안 나를 잘못 보았소.

나도 여러분과 마찬가지로 빵을 먹고 살고, 필요를 느끼고

슬픔을 맛보며 친구가 필요하오. 이렇게 종속되어 있는데

어떻게 나더러 왕이라 할 수 있단 말이오?   180

칼라일   폐하, 현명한 사람은 가만앉아서 슬픔을 토로하지 않고

곧장 통곡으로 향하는 길들을 막으려 합니다.

겁내면 힘이 위축되는 법이니 적을 겁내면

폐하의 연약함으로 인해 적에게 힘을 실어 주는 것입니다.

그러면 폐하의 어리석음이 폐하를 대적하는 셈입니다.   185

겁내면 죽게 됩니다. 싸움에 따르는 것 중에 죽음보다 더

한 것이 없고

싸우다 죽는 것은 죽음이 죽음에게 도전하는 것이지만

죽음을 두려워하는 것은 죽음의 비굴한 신하가 되는 일입

니다.

오멀   제 부친에게 군대가 있습니다. 부친을 찾아서

세력을 규합하게 하십시오.   190

리처드왕   그대는 나를 잘도 꾸짖는구려. 거만한 불링브루크

여, 운명의 날을 위해

그대와 자웅을 겨루러 내가 간다.

이 두려움의 오한은 과도하게 부풀어 올랐고

짐의 것을 되찾기는 쉬운 일이오.

스크루프 경, 짐의 숙부는 군대와 함께 어디에 계시오?　　195

표정이 어두워 보이지만 좋은 말로 들려주시오.

스크루프　사람들은 하늘의 색깔을 보고

그날의 상태와 흐름을 판단하지요.

폐하께서도 제 흐리고 무거운 눈을 보시고 그리하시겠

　　지요.

제 혀는 심각한 얘기를 해드릴 수밖에 없습니다.　　　200

저는 최악의 얘기를 조금씩, 조금씩 늘려 나가는

고문자와 같습니다.

폐하의 숙부는 불링브루크와 합세했고,

폐하의 모든 북부 지방 성들이 항복했으며

폐하의 모든 남부 지방 귀족들이 무장을 하고　　　　205

불링브루크 편에 섰습니다.

리처드왕　　　　　　　　　그만하면 됐소.

(오멀에게) 빌어먹을 사촌, 그 달콤한 절망의 길에서

나를 꺼내 오다니.

더 할 말이 있소? 짐에게 무슨 위안이 있단 말이오?

하늘에 맹세코 나더러 더 이상 상심하지 말라고　　　210

말하는 자를 영원히 증오하겠소.

플린트성으로 가서 나는 그저 한숨을 내쉬며 지내겠소.

고뇌의 노예인 왕이 왕답게 고뇌에게 복종할 생각이오.

내 군대를 해산시키고,

나는 희망이 없지만   215

희망을 가꿀 수 있는 나의 군사들은

돌아가 땅을 경작하도록 하시오. 충고도 소용없으니

이 말을 바꾸도록 다시는 나를 설득하려 들지 마시오.

오멀   폐하, 한 말씀만.

리처드왕   아첨으로 나에게 상처를 안겨 주는 자는

나에게 이중의 잘못을 범하는 자요.   220

나의 추종자들을 해산시키고 그들로 하여금 리처드의 밤
에서

불링브루크의 밝은 낮으로 가게 해주시오.   (퇴장)

제3장

북과 군기를 앞세우고 불링브루크, 요크, 노섬벌랜드,
기타 추종자들 등장.

불링브루크   이 정보에 의하면 웨일스 군대는 해산했고,

솔즈베리는 최근에 가까운 친구들과 함께

이곳 해안에 상륙한 왕을

만나러 갔습니다.

노섬벌랜드 공작, 그것참 좋은 소식입니다.   5

이곳에서 멀지 않은 곳에 리처드는 머리를 숨겼습니다.

요크 리처드왕이라고 부르는 것이

노섬벌랜드 백작다운 언행이지요. 아, 그처럼 성스러운 왕이

머리를 숨겨야 하다니 참 슬픈 날이구나.

노섬벌랜드 오해이십니다. 단지 간단히 말하기 위해서   10

호칭을 뺐을 뿐입니다.

요크   백작이 그런 식으로 왕의 호칭을 잘라

먹고

짧게 불렀다면 머리만큼의 길이로 백작의 키를

짧게 잘라 주었을 정도로 왕이 민첩했던

시절이 있었지요.

불링브루크 숙부님, 오해는 하실 수 있으나 과하게 하지는 마

십시오.   15

요크 조카야, 잘못을 범하지 않도록

필요 이상으로 손에 넣지 말거라. 하늘이 위에서 보고 있다.

불링브루크 숙부님, 저도 알고 있고, 하늘의 뜻에 대적할

생각이 없습니다. 그런데 이게 누구지요?

퍼시 등장.

해리, 잘 왔소. 그래, 이 성이 항복을 거부합니까?   20

제3막 제3장 **97**

퍼시 공작님이 들어가지 못하도록 왕이

성을 지키고 있습니다.

불링브루크 왕이라고? 아니, 그곳엔 왕이 안 계시오.

퍼시   아니, 계

십니다, 공작님.

왕이 거기 계십니다. 리처드왕이 그곳 사암 성벽 안에 계시고,

왕과 함께 오멀 공, 솔즈베리 공,   25

스티븐 스크루프 경, 그리고 누군지는 모르지만

꽤 높은 성직자 한 사람이 머물고 있습니다.

노섬벌랜드 아마도 칼라일 주교인 것 같소.

불링브루크 백작님,

그 오래된 성의 거친 성벽으로 가서   30

허물어진 성벽에 강화를 청하는 요란한 나팔 소리를

불어 넣고 이렇게 전하세요.

헨리 불링브루크는

양 무릎을 꿇고 리처드왕의 손에 입 맞추고

왕의 귀한 옥체에 진심 어린 충성과 복종을   35

바칩니다. 나의 추방을 취소해 주시고

토지를 다시 돌려주신다면

이곳으로 와서 왕의 발 아래

나의 무기를 내려놓고 병사들을 무릎 꿇리겠습니다.

만약 그러지 않으면, 나는 내 군사를 이용해서   40

여름날의 흙먼지를 살해된 영국인들의

상처에서 쏟아져 내린 피의 소나기로
가라앉힐 것입니다. 그런 핏빛 폭우로 리처드왕의
아름답고 푸른 옥토를 적시는 일을
불링브루크가 얼마나 달가워하지 않는지는   45
왕을 알현하고 존경을 표하는 나의 모습이 보여 줄 것입니다.
우리가 이곳 푸른 초지를 행군하는 동안
가서`나의 뜻을 충분히 전하시오.
위협하는 북소리를 내지 말고 행군합시다.
이 성의 허물어진 포대에서 우리의   50
아름다운 열병식을 잘 볼 수 있도록 해줍시다.
물과 불이 만나 놀라운 천둥소리로 하늘의 검은
뺨을 찢어 놓을 때처럼 리처드왕과 내가
만나면 무시무시할 것입니다.
그가 불이면 나는 굴복하는 물이 되겠소.   55
그더러 분노하라 하시오, 나는 지상에
나의 비를 내리겠소. 왕이 아니라 땅에 말이오.
계속 행군하면서 리처드왕의 표정을 잘 살펴보시오.

　　　밖에서 강화의 나팔 소리, 안에서 응답하는 소리.
　　　나팔 소리와 함께 리처드왕, 칼라일, 오멀, 스크루프,
　　　　　　　솔즈베리, 성벽 위에 등장.

보시오, 봐요, 리처드왕이 몸소 나타났소.

얼굴 붉히는 불만에 찬 태양이   60
악의에 찬 구름들이 자신의 영광을 흐려 놓고
서쪽으로 가는 자신의 밝은 길을
더럽히려 한다고 생각하며
동쪽 붉은 문에서 홀연히 나타나듯이 말이오.

요크   그러나 그는 왕다워 보이는군. 보라, 그의 눈이   65
독수리처럼 빛나며 지상을 지배하는 위엄을 뿜고 있구나.
저렇게 아름다운 모습에 해악이 가해진다면
아, 애통할 일이다.

리처드왕   (노섬벌랜드에게) 짐은 어리둥절하구나. 그대의 적
    법한 왕이라 생각하기에
그대가 겁에 질려 무릎 꿇기를 기다리며   70
짐은 오랫동안 서서 지켜보았다.
짐이 그대의 적법한 왕이라면, 너는 어찌 감히 짐에게
신하 된 도리로서 예를 표하는 것을 잊었단 말이냐?
짐이 적법한 왕이 아니라면, 짐의 직분을 빼앗은
하느님의 손을 짐에게 보여라.   75
신성 모독을 범하거나 도둑질을 하거나 찬탈을 하지 않고는
어느 누구도 짐이 가진 왕홀의 성스러운 손잡이를
손에 쥘 수 없음을 짐은 잘 알고 있다.
너의 행동으로 친구들을 짐에게서 등 돌리게 만들어
그들의 영혼을 찢어 놓았고, 짐은 친구 하나 없다고   80
너는 생각하겠지만, 이 점을 알아 두라.

전능하신 하느님, 나의 주인께서 짐을 대신해

구름 가운데 천벌의 군대를 모으고 계시니

그들이 나의 머리를 향해 신하의 손을 들어 올려

나의 소중한 왕관의 영예를 위협하는   85

너의 아직 잉태되지 않고 태어나지 않은 자손들을

내리칠 것이다.

불링브루크가 저기 서 있는 것 같구나. 그에게 말하라,

내 땅을 밟는 한 걸음 한 걸음이 위험천만한 반역 행위라고.

그는 피 흘리는 전쟁이 쓴, 붉은 유언장을 개봉하러 온 자다.   90

그러나 그가 찾고 있는 왕관이 평화를 누리기 전에,

수많은 아들들의 두개골에서 흘러나온 피가

꽃 같은 영국의 대지를 더럽히고,

처녀의 얼굴같이 흰 평화로운 낯빛을 선홍빛 추악함으로

바꿔 놓고, 목자의 초지를 선량한 영국인의   95

피로 물들일 것이다.

노섬벌랜드   하느님이시여, 우리의 왕께서 그런 내란의

잔혹함에 휩싸이게 되는 사태를 막아 주소서!

그대의 더없이 고귀한 사촌

해리 불링브루크는 그대의 땅에 겸손히 입 맞추며   100

그대 할아버지의 유골을 안치한

그 영광스러운 무덤에 대고 맹세합니다.

또한 가장 자애로운 한 뿌리에서 나온

왕의 혈통에 대고 맹세하며

용맹했던 곤트의 무덤과 ¹⁰⁵

맹세할 수 있는 모든 것의 총화인

그 자신의 용맹과 명예를 걸고 맹세하건대

그가 귀국한 이유는 단지 자신이 물려받을 것을

되찾기 위해서일 뿐이며 무릎을 꿇고 자기 소유를

즉각 복원해 주시기를 간구하기 위해서입니다. ¹¹⁰

왕께서 그것을 일단 허용해 주시면

그는 번뜩이는 무기를 거두어 녹슬게 할 것이며

무장한 군마들을 마구간에 집어넣고,

진심을 다해 폐하께 충성을 바칠 것입니다.

그는 정당한 왕족으로서 이를 맹세하고 ¹¹⁵

귀족으로서 저는 그의 맹세를 보증합니다.

리처드왕　노섬벌랜드 공, 왕의 대답을 이렇게 전하시오.

훌륭한 사촌의 귀국을 환영하며

모든 정당한 요구들은 이의 없이

들어줄 것이오. ¹²⁰

그대의 좋은 언변으로

그의 부드러운 귀에 안부를 전하시오.

(오멀에게) 사촌, 이렇게 비참해 보이게 이토록 점잖게

말하는 것은 짐을 스스로 낮추는 꼴이 아니오?

노섬벌랜드를 다시 불러서 반란자에게 도전장을 보내고 ¹²⁵

죽는 편이 낫지 않을까?

오멀　아닙니다, 폐하. 친구들이 모이고, 그들이 지원군을 데

려오기 전까지는

친절한 말로 싸우시지요.

리처드왕　오 하느님, 오 하느님, 저기 서 있는 저 거만한 자에게

무서운 추방령을 내렸던　　　　　　　　　　　　　　　　130

제 이 혀가 위로의 말로 예전 명령을

거둬들여야 한단 말입니까! 아, 내가 내 슬픔만큼이나

큰 사람이거나, 내 이름보다 작은 사람이면 좋으련만!

아니, 과거의 나를 잊어버리거나

지금의 나를 기억할 수 없기만 하다면!　　　　　　　　135

거만한 심장아, 더 빨리 뛰느냐? 적들이 너와 나를 쳐부술

계획이니 너에게 뛸 수 있는 짬을 주마.

오멀　노섬벌랜드가 불링브루크에게서 돌아오고 있습니다.

리처드왕　이제 왕은 어떻게 해야 한단 말이오? 굴복해야 하오?

왕은 굴복하겠소. 왕은 폐위되어야만 하오?　　　　　　140

왕은 기꺼이 그리하겠소. 왕이란 호칭을

상실해야 하오? 하느님의 이름에 맹세코, 버리겠소.

묵주 한 벌에 내 보석들을 내어 주고

화려한 왕궁을 은둔처에,

번쩍이는 의상을 탁발승의 외투에,　　　　　　　　　　145

문양이 새겨진 술잔을 나무 접시에,

나의 왕홀을 순례자의 지팡이에,

내 신하들을 한 쌍의 성자 조각상에,

넓은 왕국을 작은 무덤에,

작고 초라한 무덤에 내주겠소.   150
아니면 다들 밟고 다니는 큰길에 묻혀
백성들의 발걸음이 매 시각 자신들의
군주의 머리를 밟도록 하겠소.
살아 있는 나의 심장을 밟고 있으니
죽어 묻히면 내 머리인들 밟지 않겠소?   155
마음 약한 사촌, 오멀 당신 울고 있구려.
우리는 멸시받는 자의 눈물로 악천후를 만들고
한숨 섞인 눈물로 여름 보릿대를 쓰러지게 만들어
이 반란의 땅에 기근을 가져다줄 것이오.
아니면 우리의 고통과 장난을 치며   160
흐르는 눈물과 시합을 해서,
땅속에 우리를 위해 두 무덤이 파일 때까지
눈물이 계속해서 한곳으로만 떨어지게 하고, 그 무덤에
묻힐까? 흐르는 눈물로 자신들의 무덤을 판
두 친척들이 저기 누워 있구려.[6]   165
이 정도의 불행이면 충분하지 않을까? 그래, 그래, 내가
헛소리를 한다고 그대는 나를 비웃고 있군.
가장 강력한 권력자인 노섬벌랜드 공이시여,
불링브루크왕의 대답은 무엇이오? 폐하께서
리처드가 천수를 누릴 때까지는 살려 두시겠답니까?   170
공이 허리를 굽히는 것을 보니 불링브루크는 그렇다고 대

---

6 리처드왕이 상상의 묘비를 보면서 하는 혼잣말.

답한 모양이군.

노섬벌랜드 폐하, 저 아래 마당에서 그는 폐하께 말씀드리기를
기다리고 있습니다. 내려가시겠습니까?

리처드왕 태양신의 아들, 번쩍거리는 파에톤처럼 나는
사나운 말들을 다루지 못해 아래로, 아래로 떨어진다.   175
아래 마당이라고? 부름을 받아 모반자들을 알현하러 가는
제왕들이 비천해지는 천한 아래 마당이라!
아래 마당으로 내려가라. 왕궁아 내려가고, 왕이여 내려
가라,
솟아오르는 종달새가 노래해야 할 곳에 밤 올빼미들 울부
짖으니.

리처드왕 내려간다.

불링브루크 폐하는 뭐라 하던가요?

노섬벌랜드   마음의 슬픔과 괴로움으로   180
미친 사람처럼 헛소리를 합니다.

무대 아래쪽에 리처드왕 등장.

그런데 여기 오셨습니다.

불링브루크 다들 물러서서
폐하께 예를 갖추시오.   (자신도 무릎을 꿇는다)

폐하.

리처드왕 사촌, 고귀한 왕족이 천하게 무릎 꿇고

천한 땅에 입 맞추어 땅을 거만하게 하는구려.

내 불쾌한 눈으로 그대가 예를 표하는 것을 보느니

그대 사랑을 내 마음으로 느껴 보고 싶소.

일어나시오, 사촌, 일어나. 비록 그대가 무릎은 꿇고 있지만   190

그대 마음은 적어도 이만큼이나 높이 솟아 있다는 것을 잘

아오.

불링브루크 폐하, 단지 제 것을 찾으려고 왔을 뿐입니다.

리처드왕 그대 것은 그대 것이고 내 것도 모두 그대 것이오.

불링브루크 지엄하신 폐하, 제 것이란 말씀은 너무 지나치십

니다.

저는 참된 신하로서 폐하를 섬기고 사랑을 받아 마땅합니다.   195

리처드왕 그대는 나의 사랑을 받아 마땅하오. 소유함에 있어 가

장 강하고 확실한

방법을 아는 자들이 가져 마땅하지.

숙부님, 손을 이리 주세요. 아니, 눈물을 닦으시죠.

눈물은 사랑을 보여 주지만 해결책이 아니지요.

사촌, 그대는 내 후계자가 되기에 충분히 나이를 먹었지만   200

그대 부친이 되기에 나는 너무 젊다오.

그대가 갖고 싶어 하는 것을 내가 줄 것이오, 그것도 기

꺼이.

억지로 해야 하는 일은 하는 수밖에 없으니 말이오.

사촌, 런던으로 갑시다, 그리하겠소?

불링브루크   그리하겠습니다, 폐하.

리처드왕   그렇다면 나도 동의하는

수밖에 없소.   (나팔 소리와 함께 모두 퇴장)   205

제4장

요크 공작의 정원.

시녀들과 함께 왕비 등장.

왕비   심각한 걱정 근심을 떨쳐 버리고 싶구나. 이 정원에서

무슨 놀이를 해볼까?

시녀   폐하, 볼링 놀이를 하시죠.

왕비   내가 그 놀이를 하면 세상은 장애물로 가득하고

내 운은 공의 반대 방향으로 기울 거라는 생각이 들 거야.   5

시녀   폐하, 그러면 춤을 추시죠.

왕비   불쌍한 내 마음이 슬픔의 한계를 모르는 판에

내 다리가 즐거이 박자를 맞출 수는 없으리라.

그러니 춤은 안 되고, 다른 놀이를 궁리해 보거라.

시녀   폐하, 이야기를 하시죠.   10

왕비   슬픈 이야기냐, 기쁜 이야기냐?

시녀   폐하, 어느 것이든지요.

왕비 둘 다 하지 말자.

즐거워할 거리가 전혀 없으니 즐거운 이야기는

슬픔을 더욱 환기시킬 것이고,

슬픈 이야기는 온통 슬픔뿐이니   15

없는 기쁨에 슬픔만 더할 것이다.

내가 가지고 있는 것은 거듭 말할 필요가 없고,

내게 없는 것을 한탄해 봐야 소용없는 일이지.

시녀 폐하, 제가 노래하겠습니다.

왕비   마땅한 이유가 있다면 좋겠

지만,

네가 울어 준다면 나는 더 즐거울 것이다.   20

시녀 폐하께서 좋으시다면 울어 드릴 수 있습니다.

왕비 울어서 좋다면 나도 노래라도 해서

너의 눈물을 빌려오지 않으련만.

정원사와 그의 하인 두 명 등장.

그런데 가만, 여기 정원사들이 왔다.

나무 그늘로 들어가자.   25

한 묶음의 핀에 걸고 맹세하건대

저들도 시국에 대해 얘기할 것이다,

변화를 대비해 다들 그러니까. 고뇌가 고뇌를 인도하는

구나.

정원사 너 가서 어린아이처럼 천방지축 방탕하게 무게를 늘려

    아비의 등을 굽게 만드는 늘어진 어린 살구나무 가지를 옭

      아 묶어라.   30

    굽은 잔가지들을 받쳐 주어라.

    너는 가서 형리처럼

    우리의 정원 공국에서 너무 커 보이는

    웃자란 가지의 머리를 잘라 버려라.

    우리가 관리하는 동안에는 모든 것이 평등해야 한다.   35

    너희들이 이 일들을 하는 동안 나는

    건강한 화초의 양분을 빨아먹는

    백해무익한 잡초들의 뿌리를 뽑아 버리겠다.

하인 울타리 친 땅에서 왜 우리는

    법과 의식과 적절한 균형을 지키며   40

    마치 모형처럼 굳건한 위계질서를 보인단 말입니까?

    바다로 둘러싸인 정원인 우리의 온 국토가

    잡초로 가득해서 가장 아름다운 꽃들이 질식사하고,

    과실수는 전지도 안 되고, 울타리는 무너지고,

    화단은 뒤죽박죽이고, 건강한 식물들에는   45

    벌레가 들끓고 있는 마당에 말입니다.

정원사   조용히 하라.

    이 혼란스러운 봄을 방치한 자는

    이제 몸소 낙엽을 마주하고 있다.

    그의 넓게 퍼진 잎들이 보호해 주었던,

그를 빨아먹으며 그를 지탱해 주는 것처럼 보였던   50
잡초들은 불링브루크 손에 뿌리째 온통 뽑혀 버렸다.
윌트셔 백작, 부시, 그린 말이다.

하인 아니, 다들 죽었단 말입니까?

정원사   그렇다. 불링브루크가
낭비벽이 심한 왕을 체포했다. 우리가 이 정원을 가꾸듯이
왕이 자신의 영토를 가꾸고 다듬지 않았다는 사실이   55
아, 얼마나 애통한 일인가! 수액이 너무 많이 올라와
지나치게 웃자라 자기를 망치지 않게 하려고
우리는 때를 맞춰
과실수 껍질에 상처를 내준다.
왕이 벼락출세한 자신의 총신들에게 똑같이 했더라면   60
그들은 살아 결실을 맺고 왕은 충성이란 과일을
맛볼 수 있었을 텐데. 과일을 맺는 가지가 자라도록
우리는 불필요한 가지들을 잘라 버린다.
그도 그렇게 했더라면 허송세월하다 내던져 버린
왕관을 계속 쓰고 있었을 것이다.   65

하인 그렇다면 왕이 폐위될 것이라고 생각하십니까?

정원사 이미 수모를 겪었고, 폐위될까 봐
겁이 난다. 어두운 소식을 전하는 편지들이
지난밤에 요크 공작의 친한 친구에게
전해졌다.

왕비 아, 말을 할 수 없다니 죽음이나 다름없는 고문이

구나!

옛날의 아담처럼 이 정원을 가꾸고 있는 그대 정원사여,

어떻게 감히 이런 불쾌한 소식을 그 거친 입으로 전한다는

　　말이냐?

저주받은 인간의 두 번째 타락을 초래하도록

어떤 이브, 어떤 뱀이 너를 유혹했단 말이냐?

어째서 리처드왕이 폐위된다고 말하느냐?   75

흙보다 나을 것이 없는 네가 감히

그의 몰락을 점친단 말이냐? 이 불길한 소식을

어디서, 언제, 어떻게 들었느냐? 말해라, 이 빌어먹을 자야!

정원사　　용서하소서, 왕비 폐하. 이 소식을 전하는 것이

저도 즐겁지 않지만 제 말은 사실입니다.   80

리처드왕은 불링브루크의 강력한 손아귀에

놓여 있습니다. 두 사람의 운은 모두 저울대에 놓여 있습

　　니다.

폐하의 저울 접시에는 자신과 무게가 안 나가는

몇몇 허영만이 놓였습니다.

그러나 막강한 불링브루크의 저울 접시에는   85

그 자신 외에도 영국의 전 귀족들이 모였습니다.

큰 무게 차이로 그는 리처드왕을 누르고 있습니다.

서둘러 런던으로 가시면 제 말이 사실임을 알게 될 것입

　　니다.

제가 드린 말씀은 누구나 알고 있는 사실입니다.

왕비 발 빠른 경쾌한 불운이여,   90

너의 전갈은 나와 관련되어 있는데도

왜 내가 이제야 안단 말이냐? 아, 내 가슴에 너의 슬픔을

가장 오랫동안 간직하도록

나에게 마지막으로 전해 줄 생각이란 말이냐?

자, 시녀들이여, 런던으로 가서 고뇌에 빠진   95

런던의 왕을 만나자.

아니, 수심에 찬 모습으로 막강한 불링브루크의

개선이나 장식해 주려고 내가 태어났단 말인가?

정원사여, 이 고통스러운 소식을 내게 전해 준 대가로

그대가 접붙이는 나무는 한 그루도 살지 못할 것이다.   100

(시녀들과 함께 퇴장)

정원사 불쌍한 왕비여, 그대의 처지가 지금보다 더 나쁘지만

않게 된다면

내 솜씨가 그대 저주대로 되기를 바라겠소.

왕비가 이곳에 눈물을 흘렸지. 바로 이곳에

우아한 쓴 풀, 운향 한 줄을 심어야겠다.

눈물 흘린 왕비를 기념하여 이곳에   105

슬픔으로부터 회한의 운향이 곧 피어날 것이다.

제4막

제1장

웨스트민스터 의사당.

불링브루크, 오멀, 노섬벌랜드, 퍼시, 피츠워터, 서리, 칼라일 주교,

웨스트민스터 대주교, 전령들, 장교들과 배곳 등장.

불링브루크 배곳을 끌어오시오.

자, 배곳, 글로스터의 죽음에 대해서 네가 알고 있는 바를

허심탄회하게 말하라.

누가 그 일에 왕을 끌어들였고, 그의 때 이른 죽음을 가져온

끔찍한 짓을 누가 저질렀는지 말이다.   5

배곳 그렇다면 오멀 공을 대면시켜 주시오.

불링브루크 사촌, 나와서 저 사람을 보시오.

배곳 오멀 공, 그대의 대담한 혀는 한번 뱉은 말을

다시 주워 담는 일을 경멸한다고 알고 있소.

글로스터의 살해 음모가 진행되던 은밀한 때에   10

그대가 이렇게 말하는 것을 내가 들었소. 〈평온한 영국의
  궁정에서부터
칼레까지 뻗히는 내 긴 손이 내 숙부의 머리까지 닿지 않
  겠소?〉
당시 여러 얘기가 오갔는데 그대는 불링브루크가 영국으로
돌아오는 것을 보느니 금화 10만 크라운을 거부하겠다고
  말하며,
사촌이 죽으면 이 땅이 얼마나 축복의 대지가 될 것인가 하고   15
덧붙이는 것을 내가 들었소.

오멀 왕족들과 대신들이여,
이 비천한 사람에게 내가 무슨 대답을 하겠소?
동등한 입장에서 그와 싸워 내 훌륭한 가문을
더럽혀서야 되겠습니까?   20
싸우든지, 아니면 그 더러운 입술의 비방으로 내 명예가
더럽혀지는 것을 감내해야 합니다.
그대를 황천길로 보낼 죽음의 손도장, 내 장갑을
받으시오. 그대는 분명 거짓말을 하고 있소.
잘 단련된 내 기사의 칼에 묻히기에도 너무나 천한   25
그대 심장의 피로 그대의 말이 거짓임을
증명해 보이겠소.

불링브루크 배곳, 참으시오. 그 장갑을 줍지 마시오.
오멀 한 사람만을 제외하고, 나를 이토록 분노하게 한 저자
  가 이곳 회중에서

가장 고귀한 신분이었으면 좋겠소.   30

피츠워터   용기 있는 그대가 신분이 동등한 사람만을 원한다면,

오멀, 그대의 장갑에 도전하는 내 장갑을 받으시오.

그대의 애매한 입장을 보여 주는 저 태양, 불링브루크에게
　　맹세코,

본인이 결국 훌륭한 글로스터를 죽게 했다고 하는 말을,

그것도 자랑스럽게 하는 말을 내가 들었소.   35

그것을 수십 번 부인한다면 그대는 거짓말쟁이이니

그 거짓을 만들어 낸 그대 심장에

내 칼끝으로 거짓을 도로 집어넣어 주겠소.

오멀   이 겁쟁이야, 그런 날을 감히 살아서 보지 못할 것이다.

피츠워터   내 영혼에 맹세코 그날이 바로 지금이었으면 좋겠소.   40

오멀   피츠워터, 그대는 이 일로 지옥의 저주를 받을 것이다.

퍼시   오멀, 그대는 거짓말을 하고 있소. 그대가 실로 불의한
　　만큼이나,

이 기소에 나선 그는 진실을 말하고 있소.

숨이 끊어질 때까지 싸워 그대의 불의를 증명할 터이니

내 장갑을 받으시오.   45

용기가 있거든 그 장갑을 집으시오.

오멀   집어 들지 않는다면 내 손이 썩어 문드러져

내 적의 반짝이는 투구 위로 복수의 칼날을

휘두르는 일도 없을 것이오.

다른 귀족   거짓된 오멀, 내 도전도 받으시오.   50

동이 튼 후 해 질 녘까지 그대의 사악한 귀에 외쳐 댈

숱한 위증의 죄목으로 그대와 겨루겠소.

거기 내 명예의 담보물이 있소.

용기가 있거든 그걸 집고 결투에 응하시오.

오멀 다른 도전자는 없소? 하늘에 맹세코 한판에 다 쓸어버

리겠소! 55

당신 같은 사람들 2만 명을 상대할 1천 개의 영혼이

이 하나의 가슴에 살고 있소.

서리 피츠워터 공, 오멀과 그대가 얘기를 나누던 바로 그때를

나는 잘 기억하고 있소.

피츠워터 사실이오, 그대는 그때 함께 있었으니 60

내 말이 사실임을 증언할 수 있을 것이오.

서리 하늘의 진실함이 명백하듯, 하늘에 맹세코 거짓이오.

피츠워터 서리, 그대는 거짓말을 하고 있소.

서리 더러운 자,

그 거짓이 새 칼에 무겁게 얹혀

거짓말쟁이 너의 몸과 거짓이 너의 부친의 두개골처럼 65

말없이 땅에 묻힐 때까지

복수할 것이다.

그 징표로 내 명예의 담보물을 받아라.

용기가 있다면 그걸 집고 결투에 응하라.

피츠워터 잘 나가는 말에 어리석게도 박차를 가하긴! 70

내가 살아서 목숨이 붙어 있는 한

나는 서리, 그대를 허허벌판에서 응대할 것이며,

거듭거듭 거짓을 말하는 얼굴에

침을 뱉을 것이오. 그대의 거짓을 바로잡을

내 언약의 징표를 받으시오. 75

나는 이 새로운 세상에서 잘 살아가려 하고,

오멀은 내가 기소한 대로 죄인이오.

더군다나 오멀, 그대가 칼레에서 그 훌륭한 공작을

살해하도록 부하 두 명을 보냈다는 사실을

나는 알고 있소. 추방당한 노퍽이 하는 말을 들었단 말이오. 80

오멀 누구 정직한 기독교인이여, 내게 장갑을 빌려주시오.

노퍽의 거짓말을 이 장갑을 던져 증명하겠으니

자신의 명예를 시험하고 싶거든 추방지에서 돌아오라 하

시오.

불링브루크 노퍽이 돌아올 때까지 이 모든 논쟁을 해결할

결투는 유예시키겠소. 그는 추방에서 돌아올 것이고, 85

비록 내 적이기는 하지만 모든 토지와 권리를

회복할 것이오. 그가 돌아오면

그로 하여금 오멀과 대결하도록 하겠소.

칼라일 우리는 결코 그 영예로운 날을 보지 못할 겁니다.

여러 차례 추방당한 노퍽은 십자군 전쟁에서 90

예수 그리스도를 위해 싸웠고,

기독교 십자가 군기를 검은 이교도들인 튀르키예인과 사

라센족들에

대항해 휘날렸으며,

전쟁의 노역으로 지쳐서 이탈리아로 은퇴했습니다.

거기 베니스에서 자신의 몸을 그곳 즐거운 땅에 내주었고,　　95

자신의 순결한 영혼을 십자가 군기 아래 그토록 오랫동안

　싸웠던

자신의 대장이신 그리스도께 보냈습니다.

불링브루크　아니, 노퍽이 죽었단 말이오?

칼라일　제가 살아 있는 것만큼이나 확실합니다.

불링브루크　선한 노인 아브라함의 품으로 그의 상냥한 영혼이　　100

평화롭게 인도되기를 빕니다. 기소인들이여,

짐이 결투 날을 정해 줄 때까지

싸움은 유예시키겠소.

요크 등장.

요크　위대한 랭커스터 공작이여, 깃털 뽑힌 리처드왕에게서

오는 길입니다.

그는 기꺼이 그대를 후계자로 맞아들이고　　105

왕홀을 그대의 고귀한 손에 넘겼습니다.

이제 그가 내려놓은 왕좌에 오르소서.

헨리 4세여 만수무강하소서!

불링브루크　하느님의 이름으로 용상에 오르겠소.

칼라일　정녕, 하느님 맙소사!　　110

이 왕족들 가운데서 가장 부적합한 내가 말하겠습니다.

그러나 진실을 말하기에는 최선의 인물이지요.

여러분 중에서 누군가가 훌륭한 리처드를

올바로 심판할 수 있을 정도로 고귀한 분이기를

하느님께 빕니다. 참된 고귀함이 이런 사악한 잘못을   115

범하지 않도록 그에게 가르침을 줄 것입니다.

어떤 신하가 자신의 왕을 심판할 수 있으며,

여기 있는 사람치고 리처드의 신하가 아닌 사람이 있습

　니까?

비록 죄가 분명해 보여도 도둑들도 대면해서야

심판을 받습니다. 그런데 하물며   120

기름 부음을 받고, 왕관을 쓰고 수년 동안 왕좌에 올라 있던

하느님의 권위를 의미하는 인물, 그분의 대장, 집사, 대행자,

선택받은 자가 본인도 출석하지 않은 상태에서

자신의 신하에게 심판을 받는단 말입니까? 오, 하느님이

　시여,

기독교 국가에서 점잖은 사람들이 저지르는 이토록 끔찍

　하고   125

사악하고 더러운 행동을 막아 주소서!

저는 신하들에게 말하고, 자신의 왕을 위해 이처럼 대담하게

하느님의 부름을 받아 신하로서 말하는 것입니다.

여러분들이 왕이라 칭하는 여기 계신 허퍼드 공은

거만한 자로 그 자신의 왕에게 대적한 사악한 대역죄인입

니다.

여러분이 그를 왕으로 세우겠다면 나의 예언을 들으시오.

영국인의 피가 땅에 거름이 될 것이고

이 사악한 행동으로 인해 후세들이 신음할 것입니다.

평화는 튀르키예인과 이교도들에게나 깃들고

이 평화로운 터전에 전쟁의 소용돌이가 일어 135

친척이 친척을, 동족이 동족을 죽일 것입니다.

무질서, 공포, 두려움과 반란이

여기에 똬리를 틀고 이 땅은 죽은 사람들의

해골 무덤, 골고타라 불릴 것입니다.

아, 여러분이 이 가문을 왕의 가문에 대적시킨다면 140

이 일은 저주받은 지상에 닥친

가장 고통스러운 분열로 판명될 것입니다.

아이가, 또 그 아이의 아이들이 여러분을 향해 고통의 비

명을 지르지 않도록

이 일을 막고 거부하고 그만두도록 하시오.

노섬벌랜드 말 잘했습니다, 주교님. 수고의 대가로 145

이 자리에서 그대를 대역죄인으로 체포합니다.

웨스트민스터 대주교님, 재판 날까지 이자를

안전하게 맡아 주시기 바랍니다.

경들, 평민들의 청원을 다들 들어주시겠소?

불링브루크 다들 보는 앞에서 왕관을 넘기도록 150

리처드를 이곳으로 데려오시오. 그리하여 짐은

의혹을 사지 않고 왕좌에 오르겠소.

요크   제가 왕을 데려오겠습

니다.   (퇴장)

불링브루크 짐의 포로가 된 여러 귀족들이여,

그대들의 심판 날을 대비해서 보증인들을 확보해 두시오.

짐은 그대들의 호의에 빚진 것이 없으니   155

그대들의 도움을 바랄 것도 없소.

리처드와 요크 등장.

리처드왕 아, 왕위에 있던 동안의 통치에 대한 생각을

미처 떨쳐 버리기도 전에 무슨 이유로

내가 왕에게 불려온단 말이오? 아직 나는 비위를 맞추

거나,

아첨하거나, 무릎을 굽혀 절하는 법을 배우지도 못했소.   160

나에게 이런 복종을 가르치도록 슬픔에게 잠시 여유를

주시오. 이 사람들의 얼굴을 잘 기억해 두겠소.

이들이 나의 신하들 아니었소?

저들이 때로 나에게 〈폐하 만세〉라고 외치지 않았소?

유다가 예수께 그러했지만, 그래도 예수께는 열두 명 중에서   165

한 사람 빼고는 다 충실했건만, 나는 1만 2천 명 중에 충실

한 자가

한 사람도 없구나! 신이여 왕을 보호하소서! 아무도 아멘

이라고

대답하는 사람이 없단 말이오?

내가 신부이자 복사란 말인가? 그렇다면, 아멘.

비록 내가 왕은 아니지만 신이시여, 왕을 보호하소서.　　170

그리고 하늘이 나를 왕이라 생각한다면, 아멘.

무슨 일을 시키려고 나를 이곳으로 불렀소?

요크　힘에 겨워 그대가 내려놓고자 했던 왕의 직분에 대한

선양 의식을 치루기 위함이오.

헨리 불링브루크에게　　175

그대의 왕권과 왕관을 양도하는 일이오.

리처드왕　왕관을 내게 주시오. 사촌, 여기 왕관을 잡으시오.

이쪽엔 내 손이, 맞은편에는 그대 손이.

이제 이 황금관은 서로 번갈아 가며 채우는

두 개의 두레박이 들어 있는 깊은 샘과 같다오.　　180

빈 두레박은 항상 공중에 매달려 있는 반면

다른 하나는 내려가 보이지 않게 물을 가득 채우지요.

내려가서 눈물로 가득 찬 두레박이 바로 슬픔을 마시고 있는

나요, 반면에 그대는 높이 올라가 있소.

불링브루크　그대는 기꺼이 양도하고 싶어 한다고 생각했소.　　185

리처드왕　내 왕관은 포기하겠지만, 내 슬픔은 항상 내 것이오.

그대는 나의 영광과 나의 왕권을 폐할 수 있지만

내 슬픔은 그렇게 할 수 없소. 나는 항상 이들 슬픔의 왕이오.

불링브루크　그대의 근심 일부를 왕관과 함께 나에게 주는 것

124

이오.

리처드왕 그대의 근심이 높아진다 해서 내 근심이 낮아지는
것은 아니오.   190

내 근심은 옛날 걱정이 다해 근심을 상실하는 것이오.

그대 근심은 새 근심을 얻어 근심을 얻는 일이오.

비록 쥐버렸지만 내가 준 근심은 내게 남아 있소.

그들은 왕관을 시중들지만 항상 나와 머물고 있소.

불링브루크 그대는 기꺼이 왕관을 포기할 생각이오?   195

리처드왕 그렇소, 아니오, 아니, 그렇소. 나는 아무것도 아닌
존재가 되어야 하니

〈아니오〉라곤 말 못 하겠소. 그대에게 양도해야만 하니까.

자, 나 자신을 어떻게 망치는지 잘 보시오.

머리에서 이 무거운 것을 벗고

손에서 이 다루기 힘든 왕홀을 던져 버리고   200

내 가슴에서 왕권의 자존심을 없애 버리겠소.

내 눈물로 내 성유를 씻어 버리고

내 손으로 왕관을 쥐버리겠소.

나의 혀로 나의 성스러운 왕권을 부인하고

나의 숨결로 왕의 선서들을 모두 취소하오.   205

왕권에 따르는 모든 의식과 절차를 저버리겠소.

나의 장원들과 조세와 수입을 포기하는 바요.

나의 법률과 조례와 칙령을 모두 거두겠소.

당신에게 한 모든 서약을 지키시는 하느님이시여,

나에 대한 충성 서약들을 지키지 못한 것을 용서하소서.   210

가진 것 하나 없는 저로 하여금 아무 슬픔도 겪지 않게 해

　주시고,

모든 것을 다 이룬 그대에게는 기쁜 일만 있게 해주시길.

그대는 리처드의 왕좌에 오랫동안 앉아 있고,

리처드는 곧장 무덤에 묻히기를.

하느님이여, 헨리왕을 보호하시고, 폐위된 리처드가 간청

　합니다,   215

그에게 화창한 장수의 세월을 보내 주소서.

더 할 일이 남았소?

노섬벌랜드　　　　다 됐습니다. 그러나 그대와 그대의 총

　신들이

국가와 국가의 안위를 저버리고 범한

불법 행위들과 끔찍한 죄악들을

적어 놓은 기소장을 읽지 않았으니, 이를 고백해서   220

백성들이 그대의 폐위가 마땅한 일이라고 생각하도록

해주는 일만 남았습니다.

리처드왕　꼭 그래야겠소? 나의 헝클어진 우행들을 다

풀어놔야 한단 말이오? 점잖은 노섬벌랜드 공,

그대의 죄악이 기록되어 있는데   225

이 많은 사람들 앞에서 그것을 일일이 낭독한다면

그대도 부끄럽지 않겠소? 그대가 보기를 원한다면,

왕의 폐위와

국왕에 대한 그대의 강한 충성 서약을 파기한,

하늘의 장부에 저주의 오점을 남긴   230

흉악한 범죄 목록이 거기 있소.

아니, 나의 비참함으로 인해 나 자신이 괴로운 마당에,

나를 바라보고 서 있는 여러분은

비록 몇몇은 겉으로는 동정하는 척하면서

빌라도와 마찬가지로 손을 씻고 있지만,   235

그대 빌라도 같은 배신자들이 나를 고통스러운

십자가로 보냈으니

그대들의 죄는 물로 씻어 낼 수 없을 것이오.

노섬벌랜드 폐하, 서둘러 이 범죄 항목들을 읽어 주십시오.

리처드왕 눈물이 가려 볼 수가 없소.   240

그러나 짠 눈물이 가려 여기 서 있는

한 무리의 모반자들을 볼 수 없을 정도는 아니오.

아니, 나 자신에게 내 눈을 돌리면

나 자신도 다른 사람들과 마찬가지로 배신자라오.

왕의 화려한 용포를 벗어 버리고   245

왕의 영광을 실추시키고, 군주가 노예가 되고,

늠름한 왕이 신하가 되고 농부가 되는 데

나 자신이 기꺼이 동의했으니 말이오.

노섬벌랜드 폐하—

리처드왕 건방지고 불손한 인간, 그대의 왕도 아니고   250

누구의 왕도 아니오. 나는 이름도 직위도,

아니, 세례 때 받은 이름마저도

모두 찬탈당했소. 아, 슬픈 날이여,

그 많은 세월을 보냈는데도

자기 이름도 모르다니.   255

아, 불링브루크라는 태양 앞에 선

가짜 눈사람 왕이나 되어서

물방울로 녹아내려 버렸으면.

선한 왕이여, 위대한 왕이여, 그러나 크게 선하지는 않은

　　왕이여,

내 말이 아직 영국에서 통용될 가치가 있다면   260

나에게 당장 거울을 하나 갖다 주시오.

권좌를 잃은 내 모습을

보고 싶소이다.

불링브루크　누가 가서 거울을 가져오시오.　(시종 한 명 퇴장)

노섬벌랜드　거울을 가져오는 동안 이 서류를 읽으십시오.   265

리처드왕　악마 같은 놈, 내가 황천에 이르기도 전에 나를 고문

　　하는구나.

불링브루크　노섬벌랜드 공, 더 이상 강요하지 마시오.

노섬벌랜드　이러지 않으면 평민들이 수긍하지 않을 것입니다.

리처드왕　수긍할 것이오. 내 죄가 모두 기록된

　　장부인 나 자신을 내가 진정으로 보게 되는 그때가 되면   270

　　다 읽어 볼 것이오.

한 사람이 거울을 가지고 등장.

그 거울을 이리 주시오. 거기 비친 모습을 읽어 보겠소.
아직 깊은 주름이 늘지는 않았다고? 슬픔이 그렇게 많이
이 얼굴을 강타했는데도
깊은 주름이 안 파였다는 말인가? 아, 아첨꾼 거울아,   275
호시절의 내 추종자들처럼
너는 나를 잘도 속이는구나. 이것이 매일같이 왕실 지붕
밑에 있던 1만 명을 거느렸던 얼굴이란 말인가? 이것이
태양처럼 보는 사람의 눈을 감게 만들었던
얼굴이란 말인가?   280
이것이 그 많은 우행들을 마주 보다가
마침내 불링브루크에게 능욕당한 얼굴이란 말인가?
깨지기 쉬운 영광이 이 얼굴에서 빛나고 있구나.
깨지기 쉬운 영광 같은 얼굴아,   (거울을 박살 낸다)
1백 개의 조각들로 깨져 버려라.   285
침묵의 왕이여, 이 놀이의 교훈을 주목하시오,
내 슬픔이 얼마나 쉬이 내 얼굴을 망쳐 놓았는지를.

불링브루크   그대 슬픔의 그림자가 그대 얼굴의 그림자를
망쳐 놓았소.

리처드왕   뭐라 하셨소?
내 슬픔의 그림자라. 하, 어디 봅시다.   290
맞는 말이오. 내 슬픔은 모두 저 깊숙한 곳에 있으니,

겉으로 드러난 이 비탄은 고통받는 영혼 속에서

말없이 부풀어 오르는 보이지 않는 슬픔의

그림자에 불과한 것이지.

그 영혼 속에 실체가 있소. 내게   295

통곡해야 할 원인 뿐만 아니라 우는 방법까지

가르쳐 주는 그대의 한량없는 선심에

감사하오, 왕이여. 한 가지만 더 부탁하고

사라져서 그대를 더 이상 괴롭히지 않겠소.

부탁을 들어주겠소?

불링브루크   사촌, 말해 보시오.   300

리처드왕 사촌이라 하셨소? 제왕으로 있을 때는

아첨꾼들이 모두 신하들이었는데

이젠 왕보다 더 위대하게 되었군. 이제 신하가 되니

왕을 아첨꾼으로 두게 되었구나.

이런 위대한 인물이 되었으니 부탁할 필요가 없게 되었소.   305

불링브루크 그래도 부탁하시오.

리처드왕 그러면 들어주겠소?

불링브루크 그렇소.

리처드왕 그렇다면 나를 보내 주시오.

불링브루크 어디로 말이오?   310

리처드왕 그대를 보지 않을 수 있는 곳이라면 그대가 원하는

어디든 좋소.

불링브루크 자네들 몇 사람이 그를 런던 탑[7]으로 모셔 가게.

리처드왕 〈모셔 가게〉, 좋은 말이오. 그대들은 모두 정통성 있

　　는 왕이

　　몰락하자 이토록 민첩하게 일어서는 호위꾼들이구나.[8]

불링브루크 다음 수요일에 짐은 대관식을 엄숙하게　　　　315

　　거행하겠소. 대신들은 다들 준비하시오.

　　(웨스트민스터 대주교, 칼라일 주교, 오멀만 남고 모두 퇴장)

웨스트민스터 정말 끔찍한 광경을 목격했구려.

칼라일 더한 고통이 닥쳐올 것입니다. 아직 태어나지 않은 아

　　이들이

　　이날을 가시처럼 아프게 경험할 것입니다.

오멀 성직자들이시여, 이 사악한 오점을 이 땅에서 제거할　　320

　　계획이 없단 말입니까?

웨스트민스터 공작,

　　내 속마음을 이곳에서 허심탄회하게 털어놓기 전에

　　내 말뜻을 발설하지 않을 뿐만 아니라 내가 계획하는

　　바를 실행에 옮기겠다는 신성한 맹세를　　　　　　　　325

　　성자들 이름을 걸고 하시오.

　　내가 보니 그대들의 이마는 불만으로 가득하고,

　　그대들의 가슴은 슬픔으로, 눈은 눈물로 가득하오.

　　우리 집으로 가서 식사를 같이 합시다. 우리 모두에게

　　즐거운 날을 선사할 계획을 세워 보겠소.　　(모두 퇴장)　330

---

7 성이자 요새였으며, 정치범과 왕족이 이곳에 갇혔다 처형당했다.

8 〈호위꾼conveyer〉이란 단어에 〈도둑〉이란 의미가 있음. 리처드의 말장난.

제5막

제1장

시녀들과 함께 왕비 등장.

왕비 왕이 이 길로 오실 거야. 이 길이
　줄리어스 시저가 못된 의도로 건설한 탑으로 가는 길이지.
　나의 저주받은 남편이 거만한 불링브루크에 의해
　그 탑 대리석 중앙부에 갇히는 신세가 되었다.
　이 모반의 땅이 정통성 있는 왕의 왕비를 위한 쉴 자리를　　₅
　마련해 준다면 이곳에서 잠시 쉬어 가자.

리처드와 간수 등장.

　그런데 가만, 내 아름다운 장미가 시든 모습을
　보시오, 아니 차라리 보지 마시오. 그렇지만 고개 들고 쳐
　　다보아

그대 연민으로 이슬에 무르녹아

진실한 사랑의 눈물로 그 장미 다시 피게 해주시오.   10

아, 그대 옛 트로이가 서 있던 땅,[9]

명예의 축도(縮圖), 이제는 리처드왕이 아닌

그대 리처드왕의 무덤이여! 그대 가장 아름다운 거처여,

영광이 싸구려 여관집 손님이 된 판에,

어째서 얼굴에 험상궂은 슬픔이 그대에게 머물고 있다는

　　말이오?   15

리처드왕　아름다운 왕비, 나를 너무 급작스레 끝장내지 않으

　　려거든

슬픔과 합세하지 마시오, 제발. 나의 옛날을 행복했던

꿈이라고 생각하도록 하시오.

꿈에서 깨어나니 우리의 진면목이

이처럼 드러날 뿐이라오. 왕비, 나는 잔인한 가난과   20

의형제이니 그와 나는 죽을 때까지 함께할 것이오.

그대는 서둘러 프랑스로 가서

수도원에 은둔하시오.

세속의 세월을 보내며 내던져 버린

천국의 왕관을 성스러운 삶을 통해 다시 갖도록 합시다.   25

왕비　아니, 나의 리처드의 몸과 마음이 모두 변하고

　　약해졌단 말인가? 불링브루크가 그대의 정신도

---

9 런던의 별칭. 로마를 건설한 아이네이아스의 증손자인 브루투스가 런던을 건설했다는 전설에서 유래한 것이다.

앗아 갔단 말입니까? 그가 그대 가슴속도 점령했습니까?

죽어 가는 사자는 발톱을 내밀고서

제압당하는 분노만으로도 땅에 상처를 내는데,　　　30

동물의 왕이자 사자에 해당하는

그대는 학동처럼 가만히 매질을 당하고

회초리에 입을 맞추고

굽신거리며 분노의 비위나 맞출 작정입니까?

리처드왕　정녕 동물의 왕이지요. 그들이 동물이 아니었다면　　　35

나는 항상 행복한 왕이었을 것이오.

한때 왕비였던 이여, 프랑스로 돌아갈 준비를 하시오.

내가 죽었다고 생각하고, 이곳이 내 임종의

침상이라도 되는 양 생전의 마지막 작별을 고하시오.

지루한 겨울밤에 옛 친구들과 불가에 앉아서　　　40

오래전에 있었던 슬픈 시절의 이야기들을

그들로 하여금 들려 달라 하시오.

그리고 자러 가기 전에 그들이 슬픈 얘기를 들려준 대가로

당신도 내 슬픈 이야기를 들려주어

듣는 사람들이 울면서 잠자리로 가게 하시오.　　　45

무감각한 불쏘시개도 그대의 감동적인 슬픈 이야기를

들으면 마음이 동하여

연민의 눈물로 불을 꺼버릴 것이고,

몇몇 장작은 정통성 있는 왕의 폐위를 두고

통곡하다 재가 되고, 몇몇은 숯검정이 될 것이오.　　　50

노섬벌랜드 등장.

노섬벌랜드 폐하, 불링브루크의 마음이 바뀌었습니다.

런던 탑이 아니라 폼프릿성으로 가셔야겠습니다.

그리고 왕비님을 위한 조치도 내려졌습니다.

속히 프랑스로 가셔야 합니다.

리처드왕 야심 찬 불링브루크가 내 권좌에 오르도록   55

사다리가 되어 준 그대, 노섬벌랜드여,

많은 시간이 흐르기도 전에

더러운 죄악이 곪아 터져서

고름이 흘러내릴 것이오. 비록 그가 왕국을 둘로 나눠

그대에게 반쪽을 준다고 해도 모든 도움을 준   60

그대는 너무 적다고 생각할 것이오.

그는 불법으로 왕을 옹립하는 방법을 알고 있는 그대가

아주 사소한 충동질에도 자신을 찬탈한 왕좌에서

끌어내려 내동댕이칠 수 있는 다른 방법을

알 거라고 생각할 것이오.   65

사악한 자들의 사랑은 두려움으로 바뀌고,

두려움은 증오로 바뀌어, 증오는 사악한 자들의 한쪽이나

　모두를

정당한 위험이나 합당한 죽음으로 내모는 법이오.

노섬벌랜드 내 죄는 내 머리에 떨어지는 것으로 끝입니다.

두 분은 여기서 헤어져야만 하니 서로 이별을 고하세요.   70

리처드왕 이중의 이별이구나! 사악한 것들,

내 왕관과 나의 혼인뿐만 아니라

나와 왕비의 결혼까지 망쳐 놓는구나.

그대와 나의 혼인 서약을 이 입맞춤으로 취소하게 해주
시오.

그러나 입맞춤으로 맺은 언약이니 그래서는 안 되겠구나. 75

노섬벌랜드, 이제 갈 길 갑시다. 오한과 질병이 대기를 괴
롭히는

북쪽으로 나는 가고 왕비는 프랑스로 갑니다.

거기서 향기로운 5월처럼 화려하게 장식하고

이곳으로 왔건마는

만성절이나 동짓날처럼 돌아가는구려. 80

왕비 이렇게 흩어지고 헤어져야만 합니까?

리처드왕 그렇소, 손은 손에서, 심장은 심장에서 멀어져야만
하오.

왕비 우리 둘 다 추방해서 왕을 나와 함께 보내 주시오.

노섬벌랜드 마음 같아선 그러고 싶지만 그건 어리석은 짓입
니다.

왕비 그렇다면 왕이 가시는 곳으로 나도 가게 해주시오. 85

리처드왕 그러면 하나의 고통으로 둘이 같이 울겠군요.

나는 이곳에서 그대를 위해 울 테니, 그대는 프랑스에서
나를 위해 우시오.

곁에 있으면서 함께하지 못하느니 떨어져 있는 편이 낫소.

그대는 한숨 쉬며 그대 길을 가고, 나는 신음을 토하며 내
　길을 가겠소.

왕비　가장 긴 길에 가장 긴 신음이 따르는 법이지요.　　　　90

리처드왕　내 길은 짧으니 한 걸음에 두 번씩 신음 소리를 내어
　슬픈 마음으로 여정을 늘려 놓겠소.

　자, 자, 슬픔에 대한 구애는 짧게 합시다.

　슬픔과의 혼인식이 너무나 기니 말이오.

　키스로 서로의 입을 막고 조용히 헤어집시다.　　　　95

　이렇게 내 가슴을 내주고, 이렇게 그대 가슴을 받아들이오.

왕비　내 것을 다시 돌려주시오. 그대 가슴을 간직하다 살해
　하는 일은

　나로서는 할 짓이 못 됩니다.

　자, 이제 다시 내 가슴을 가지게 되었으니

　신음 소리로 그 가슴 죽이려 애쓰겠습니다.　　　　100

리처드왕　이렇게 바보같이 지체하며 고통이 날뛰게 만들고
　있소.

　다시 한번 잘 가시오, 나머지는 슬픔더러 말하라 하시오.

　　　　　　　　　　　　　　　　　　　　(모두 퇴장)

제2장

요크 공작과 공작 부인 등장.

공작 부인   낭군님, 두 명의 조카가 런던에 입성하던

　이야기를 울다가 그쳤을 때

　나머지 얘기를 해주겠다고 약속하셨죠.

요크   어디까지 했었소?

공작 부인　　　　　　막무가내로 굴던 불손한 인간들이 꼭

　대기 유리창에서

　먼지와 쓰레기를 리처드왕의 머리 위로　　　　　　　　　5

　내던지던 슬픈 대목까지입니다.

요크   그때, 내가 앞서 말했듯이, 위대한 불링브루크 공작은

　혈기 왕성한 말을 타고 있었소.

　그 말은 야심에 찬 주인을 알아보는 듯

　천천히 위엄 있게 앞으로 나아갔소.　　　　　　　　　　10

　그러자 구경꾼들이 일제히 〈하느님이여, 그대, 불링브루크

　　를 보호하소서!〉 하고

　외쳐서 창문이 흔들릴 정도였소.

　젊은이나 늙은이 할 것 없이 다들 그의 얼굴을 보려고

　혈안이 되어 창문으로 내다보았소. 벽마다 〈예수께서 그대를

　보호하시기를! 불링브루크여, 잘 오셨습니다!〉라는 글귀가

　　새겨진　　　　　　　　　　　　　　　　　　　　　　15

　휘장들이 걸려 있었소.

　그러자 그는 이쪽저쪽으로 고개를 돌리며

　모자를 벗고, 자신의 늠름한 말 목덜미보다 자세를 낮추고

　사람들에게 이렇게 말했소. 〈동포들이여, 감사합니다.〉

이렇게 말하며 이런 자세로 지나갔소.   20

공작 부인   아, 불쌍한 리처드. 그사이 그는 어디로 갔나요?

요크   극장에서 사람들의 눈길은,

인기 있는 훌륭한 배우가 무대를 떠나면

다음번 등장하는 배우가 떠드는 대사가

지루하리라 여겨 별 관심을 보이지 않듯이,   25

그런 정도로, 아니 그보다 더한 경멸의 눈으로 사람들은

리처드를 내려다보았소. 〈하느님이여, 그를 보호하소서〉

   라고

외친 사람 하나 없었고, 누구도 그에게 잘 오셨다며 환영

   하지 않았소.

그의 성스러운 머리에 먼지만 뿌렸는데

그는 조용히 슬픈 표정으로 이를 털어 냈소.   30

그의 얼굴에는 슬픔과 인내의 표지인

눈물과 미소가 뒤엉켜 싸우고 있어,

하느님이 뜻한 바 있어 사람들의 마음을

강철처럼 단련시켜 놓지 않으셨더라면

그들의 심장이 터져 녹아 버렸을 정도였고   35

야만인도 틀림없이 그에게 동정을 보냈을 것이오.

그러나 이는 하늘의 섭리가 개입한 일이니

그 높은 뜻을 우리는 따르는 수밖에 없소.

이제 우리는 불링브루크에게 신하 되기로 맹세를 했으니

그의 명예로운 왕권을 나는 진정으로 받아들이오.   40

오멀 등장.

공작 부인 아들 오멀이 왔군요.

요크   오멀은 옛말이고

　리처드의 친구였다는 이유로 그 이름은 이제 쓸 수 없게
　　되었소.

　그러니 부인, 아들을 이제는 라틀런드라고 부르시오.

　나는 의회에서 새로 옹립된 왕에 대한

　아들의 충성과 영원한 복종을 맹세했소.   45

공작 부인 잘 왔다, 아들아. 이제 어떤 이들이 새봄의 푸른 초
　　원을

　수놓는 제비꽃이 되었느냐?

오멀 어머니, 저는 알지 못하고, 관심도 없습니다.

　정말이지 저는 그의 총신이 되고 싶은 마음이 추호도 없습
　　니다.

요크 자, 만발하기도 전에 꺾이지 않으려거든   50

　이 새봄에 똑바로 행동해야 할 것이다.

　옥스퍼드에서는 무슨 소식 없느냐? 예정된 마상 창 시합이
　　열린다더냐?

오멀 제가 알기로는 아마 열릴 것입니다.

요크 너도 참석하겠느냐?

오멀 특별한 일이 없는 한 그럴 생각입니다.   55

요크 너의 가슴에 달려 있는 것은 무슨 표지냐?

아니, 안색이 왜 변한단 말이냐? 어디 뭐라고 쓰여 있는지
　보자.

오멀　아무것도 아닙니다.

요크　　　　　　　　　　그렇다면 누가 보든 무슨 상관이냐.
어디 보자. 글귀를 보자.

오멀　아버지, 저의 무례함을 용서하소서.　　　　　　　　60
별것 아니지만
이유가 있어 보여 드리고 싶지 않습니다.

요크　나도 이유가 있으니 봐야겠다.
겁이 나는구나, 겁이 나 —

공작 부인　　　　　　　　무슨 겁이 난다는 말입니까?
이것은 시합 날에 입을 화려한 의상 때문에 지게 된　　　　65
차용 증서일 따름입니다.

요크　빚을 졌다고? 아들이 차용 증서와 무슨 상관이 있단
말이오? 부인은 아무것도 모르는 바보요.
얘야, 그 글귀를 보자.

오멀　무례를 용서하십시오. 보여 드릴 수 없습니다.　　　　70

요크　봐야 안심이 되겠다. 정말 어디 좀 보자.

　　　　요크가 아들의 가슴에서 표지를 뜯어내서 읽는다.

요크　반역이다, 사악한 반역이야! 악당 놈! 반역자! 개자식!

공작 부인　도대체 무슨 일입니까?

144

요크   여봐라, 거기 안에 누구 없느냐? 말을 준비하라!

하느님 맙소사, 이게 무슨 음모인가!   75

공작 부인   아니, 왜 그러십니까?

요크   내 장화를 가져다주시오, 빨리! 말을 준비하라!

내 명예와 목숨과 충성심에 맹세코

저 악당을 고발하겠소.

공작 부인   대체 무슨 일이십니까?

요크   바보 같으니, 조용히 하시오!   80

공작 부인   가만있지 못하겠습니다. 애야, 도대체 무슨 일

이냐?

오멀   어머니, 안심하십시오. 제 목숨으로 책임질

일에 불과합니다.

공작 부인   목숨으로 책임을 진다고?

요크   내 장화를 가져오너라! 왕에게 가야겠다.

하인이 장화를 가지고 등장.

공작 부인   아들아, 저놈을 때려라! 불쌍한 녀석, 얼이 빠졌구나.   85

꺼져라, 이 하인 놈아! 다시는 내 눈앞에 나타나지 마라.

요크   내 장화를 달라니까.

공작 부인   아니, 공작, 무슨 일을 하시려는 겁니까?

자식의 과오를 밝힐 작정이십니까?

우리에게 아들이 또 있습니까, 아니면 더 낳을 수가 있나요?   90

세월이 흘러 내 씨가 다 말라 버렸는데도

늙은 나에게서 젊은 아들놈을 빼앗아 버리고

내게서 행복한 어머니란 이름마저 강탈하겠다는 겁니까?

아비를 닮지 않았습니까? 당신 자식이 아닙니까?

요크   이 어리석고 정신 나간 이여, 95

이 사악한 음모를 감출 생각이오?

옥스퍼드에서 왕을 살해하기로

저들 열두 명이 신성한 서약을 하고

각자 서약서를 나눠 가졌단 말이오.

공작 부인   아들은 그들과 한패가

될 수 없습니다.

우리가 아들을 여기 붙잡아 둔다면, 무슨 일이 일어난들

무슨 상관이겠어요? 100

요크   저리 가시오, 어리석은 사람! 저 놈이 백번 내 아들이라 해도

나는 저놈을 고발하겠소.

공작 부인   당신도 나처럼 아들 때문에 산고

를 겪었다면

더 측은한 마음이 들었을 거예요.

그러나 이제 당신 마음을 알았어요. 당신은 아들이

내가 바람을 피워 낳은 사생아이지 당신 아들이 105

아니라고 의심하고 있군요.

사랑하는 남편, 요크 공작이여, 그런 마음을 품지 마세요.

아들은 당신을 빼닮았잖아요.

내 친척은 물론이고 나도 닮지 않았지만

나는 아들을 사랑합니다.

요크   못 말리는 여자 같으니, 저리 비키

시오.   (퇴장) 110

공작 부인   오멀, 뒤따라가라! 아버지 말에 올라타고

급히 박차를 가해서 아버지보다 먼저 왕에게 가서

너를 고발하기 전에 왕에게 용서를 빌어라.

나도 곧 뒤따라가겠다. 내 비록 늙었지만

나도 공작만큼 빨리 말을 몰 수 있고,   115

불링브루크가 너를 용서하기 전에는 절대로

바닥에서 일어나지 않을 것이다. 빨리 가라, 가.

                                          (모두 퇴장)

제3장

왕복을 입은 불링브루크와 함께 퍼시 등 여러 귀족들 등장.

불링브루크   내 방탕한 아들 소식을 아무도 모른단 말이오?

마지막으로 아들을 본 지 세 달이나 되었소.

짐에게 고통거리가 있다면 바로 아들이오.

런던의 술집들을 수소문해 보시오. 찾을 수 있을 것이오.

듣자 하니 골목길에 잠복해 있다가

야경꾼을 때리고 행인들을 강탈하는

무절제하고 방탕한 친구들과 매일같이

술집에 무상 출입 한다고 하오.

아직 나이가 어려 까불기나 하고 여자아이 같은 아들 녀석은

무절제한 무리들의 편을 들어 주는 것을 10

명예로운 일이나 되는 양 하고 있소.

퍼시 폐하, 이틀 전쯤에 왕자님을 제가 뵙고서

옥스퍼드에서 열릴 시합에 대해 말씀드렸습니다.

불링브루크 그 한량이 뭐라고 대답하였소?

퍼시 집창촌에나 가고, 15

비천한 여인의 장갑을 빼앗아

사랑의 정표로 끼고 다니다가 그것을 던져

아무리 힘센 도전자도 말에서 끌어 내리겠다고 했습니다.

불링브루크 방탕한 만큼이나 막가는군! 그러나 그러는 만큼

나이가 들면 나아질 거라는 희망의 불씨가 20

보이는구먼.

그런데 누가 왔는가?

혼비백산한 오멀 등장.

오멀 왕은 어디 계시오?

불링브루크 사촌, 무슨 일이기에 그렇게 안절부절못하는

모습입니까? 25

오멀 하느님의 은총이 함께하시기를 빕니다. 폐하께 따로
  은밀하게 드릴 말씀이 있습니다.

불링브루크 짐만 남겨 두고 다들 물러가시오.

(퍼시와 대신들 퇴장)

자, 이제 무슨 일입니까, 사촌?

오멀 제가 일어서거나 입을 열기 전에 용서해 주지 않으시면 30
  제 무릎은 영원히 땅에 붙어 버릴 것이며
  제 혀는 입천장에 달라붙어 버릴 것입니다.

불링브루크 고백하려는 죄를 기도한 것이오, 아니면 이미 범
  한 것이오?
  만약 전자라면 아무리 끔찍한 범죄라 하더라도
  후일 나에게 충성을 다하도록 그대를 용서하겠소. 35

오멀 그렇다면 제 고변이 끝날 때까지 아무도 들어오지 못하
  도록
  문을 잠그게 허락해 주십시오.

불링브루크 그대 뜻대로 하시오.

요크 공작이 문을 두드리며 외친다.

요크 (무대 안쪽에서) 폐하, 조심하십시오, 옥체를 살펴소서.
  면전에 반역자를 대하고 계십니다. 40

불링브루크 악당 놈, 확실하게 죽여 주겠다.

제5막 제3장 **149**

칼을 빼 든다.

오멀   칼을 거두십시오. 두려워하실 필요가 없습니다.

요크   (무대 안쪽에서) 과신에 찬 고집불통 왕이시여, 문을 여
소서.

제 충성심에서 폐하의 면전에 대고 폐하를 바보라고 불러야
되겠습니까? 문을 여십시오, 아니면 부수겠습니다.   45

요크 등장.

불링브루크   숙부님, 무슨 일이십니까? 말을 하세요.

숨을 고르세요. 짐이 맞설 준비를 할 수 있도록

위험이 얼마나 가까이 있는지 말해 주세요.

요크   여기 이 서류를 읽어 보시면 서둘러 오느라 숨이 차서
제가 미처

말씀드리지 못하는 모반이 드러날 것입니다.   50

오멀   읽으시면서 방금 하신 약속을 지켜 주소서.

저는 후회하고 있습니다. 거기 적힌 제 이름을 읽지 마십
시오.

제 서명과 제 진심이 함께하지 않습니다.

요크   악당아, 너의 손으로 네 이름을 써넣은 판에 할 소리냐.

폐하, 그 서명은 이 반역자의 가슴에서 제가 뜯어낸 것입
니다.   55

150

저놈의 회개는 두려움 때문이지 충성에서 우러난 것이 아
　　닙니다.

폐하의 연민이 폐하의 심장을 물게 될 독사로

변하지 않도록 저놈을 사면하겠다는 약속을 잊어 주소서.

불링브루크　아, 끔찍하고 독하고 대담한 음모구나!

아, 반역자를 아들로 둔 충성스러운 아버지여!　　　　　　60

그대의 순결하고 깨끗한 은빛 눈물샘에서

흘러내린 물결이 진창의 수로를 지나며

더럽혀져 청정수가 오수로 변하는구려.

그대의 눈물과 넘치는 선의가 빗나간

아들을 돌아오게 하였으니 이 무서운 죄악을 나는 용서할
　　참이오.　　　　　　　　　　　　　　　　　　　　　65

요크　그렇다면 저의 미덕이 아들의 악덕을 사는 거간꾼이
　　되고,

아들이 저의 명예를 자기 치욕으로 먹칠하는 셈입니다.

방탕한 아들이 아버지가 애써 긁어모은 금화를 탕진하듯
　　말입니다.

아들의 불명예가 죽어야 제 명예가 살게 됩니다.

아니면 이 치욕스러운 목숨이 아들의 불명예 가운데 놓이
　　게 됩니다.　　　　　　　　　　　　　　　　　　　70

아들을 살려 두면 폐하께서는 저를 죽이시는 겁니다. 저
　　놈을 사면하심은

반역자를 살려 두는 것이며, 충신을 죽이는 꼴입니다.

공작 부인 (무대 안쪽에서) 아이고, 폐하! 제발 나를 들여보내
　　주소서!

불링브루크 이렇게 찢어지는 목소리를 내는 간절한 탄원자
　　는 누구요?

공작 부인 (무대 안쪽에서) 위대한 왕이시여, 나는 바로 그대
　　의 숙모요.   75

　　내 말을 들어주시오, 나를 불쌍히 여겨 문을 열어 주시오!

　　간청이라곤 모르던 이 몸이 생전 처음으로 간청합니다.

불링브루크 이제 무대가 비극적인 것에서

　　희극적인「거지와 왕」으로 바뀌었군요.

　　위험한 사촌, 모친을 들여보내시오.   80

　　그대의 사악한 죄를 용서해 달라고 간구하러 오셨군.

　　　　　　　　　　공작 부인 등장.

요크 간청을 한다고 들어주시면

　　용서로 인해 또 다른 죄악이 성행할 것입니다.

　　이 곪은 관절을 잘라 내야 나머지가 멀쩡해집니다.

　　이것을 그냥 놔두면 나머지도 망치게 됩니다.   85

공작 부인 오, 왕이시여, 이 무정한 사람의 말을 믿지 마소서.

　　자신을 사랑하지 못하는 사람은 다른 누구도 사랑할 수 없
　　습니다.

요크 정신 나간 부인, 어느 안전이라고 이 무슨 소란이오?

152

다 늙은 그대의 가슴으로 또다시 저 반역자를 키울 셈이오?

공작 부인 사랑하는 공작, 가만히 계세요. 폐하, 제 말을 들으
소서.   90

무릎을 꿇는다.

불링브루크 숙모님, 일어나세요.

공작 부인   부탁하오니, 아직은 아닙니다.
죄 지은 아들, 라틀런드를 사면해 주시어
폐하께서 제게 기쁨을 주시고 기뻐하라고 명하시기 전에는
항상 무릎으로 기어다닐 것이며
행복한 자들이 누리는 햇빛을 다시는 보지 않을 것입니다. 95

오멀 어머니의 간구에 보태서 저도 무릎을 꿇겠습니다.

무릎을 꿇는다.

요크 두 사람에 맞서서 저도 무릎을 꿇겠습니다.

무릎을 꿇는다.

폐하께서 은전을 베푸신다면 후환이 있을 것입니다.

공작 부인 진심일까요? 공작의 얼굴을 보십시오.
눈에선 눈물도 떨어지지 않고, 간구는 진심이 아니니 100

공작의 말은 입에서 나오지만, 우리의 간구는 가슴에서 나
　옵니다.

공작의 간청은 진심이 아니고 거부당하기를 바라고 있습
　니다.

우리는 진심과 영혼을 다해 간구합니다.

진정 공작은 늙은 사지를 기꺼이 일으켜 세우려 하지만,

우리는 무릎이 땅에 붙을 때까지 계속 꿇고 있겠습니다.　　105

공작의 간구는 거짓된 위선으로 가득하지만,

우리의 간구는 진심이고 깊은 진정에서 우러나온 것입
　니다.

공작보다 우리의 간구가 더 진실하고 간절하니 부디

받아 마땅한 자비를 베풀어 주소서.

불링브루크　숙모님, 일어나세요.

공작 부인　　　　　　　　　아닙니다, 〈일어나라〉라고
　말씀하지 마시고,　　　　　　　　　　　　　　　　　　110

먼저 〈용서한다〉라고 말하신 다음에 〈일어나라〉라고 하십
　시오.

제가 폐하께 말을 가르치는 유모라면

〈용서〉라는 단어를 맨 처음 가르쳤을 것입니다.

지금껏 그 말을 듣기를 바란 적이 없습니다.

폐하, 〈용서한다〉라고 말하세요. 자비를 보여 주세요.　　115

그 말은 짧지만 그런 만큼 더욱 달콤합니다.

왕의 입에서 나오는 〈용서〉라는 말만큼 좋은 말도 없습

니다.

요크　폐하, 프랑스어로 말하십시오. 〈Pardonne-moy(뭐라고
요)?〉라고 하십시오.[10]

공작 부인　당신은 〈용서〉라는 말로 〈용서〉를 망치는 길을 가
르치십니까?

말로써 말을 막아 버리는　　　　　　　　　　　　　　　120

아, 독한 남편이여, 무정한 양반이여, 프랑스어가 아니라

우리 나라에서 통용되는 뜻으로 〈용서〉라는 말을 쓰세요.

그 요상한 프랑스어를 우리는 알아듣지 못합니다.

폐하의 눈에 보이기 시작하는 측은함을 혀에게 주세요.

아니면 측은한 마음에 귀를 기울이시면　　　　　　　　125

우리의 탄원과 간구를 그곳에서 들으실 테고

측은한 마음이 들어 〈용서한다〉라고 말씀하실 겁니다.

볼링브루크　숙모님, 일어나세요.

공작 부인　　　　　　　　　제가 간청하는 것은 일어나는
것이 아닙니다.

제가 지금 간구하는 것은 용서입니다.

볼링브루크　나도 하느님의 용서를 바라듯이, 사촌을 용서합
니다.　　　　　　　　　　　　　　　　　　　　　　130

공작 부인　오, 무릎 꿇고 탄원한 행복한 결과여!

그러나 여전히 겁이 나서 죽을 지경입니다. 다시 말해 주
세요.

10 영어로 〈용서한다〉는 표현이 불어로는 〈뭐라고요?〉라는 뜻이다.

두 번 용서한다고 해서 용서가 둘로 쪼개지는 것이 아니라

한 번 베푼 용서를 더 강하게 해줄 뿐입니다.

불링브루크   진심을 다해서

사촌을 용서합니다.

공작 부인 폐하는 지상의 신이십니다.   135

불링브루크 그러나 짐이 믿었던 매부와 대주교는

나머지 공모자들의 무리와 더불어

발견 즉시 처형될 것입니다.

숙부님, 옥스퍼드나 이들 반란자들이 있는 곳으로

군대를 보내 주세요.   140

일단 그들이 있는 곳을 내가 아는 이상

그들은 결코 이 세상에서 살아남을 수 없을 것입니다.

숙부님, 안녕히 가십시오, 사촌도 잘 가시오.

숙모님 간구 덕분에 목숨을 구했으니, 충성을 보여 주시오.

공작 부인 아들아, 가자. 제발 새사람이 되어라.   (모두 퇴장) 145

제4장

엑스턴과 하인들 등장.

엑스턴 너희들도 폐하께서 이렇게 말씀하시는 것을 잘 들었

겠지?

〈내게 이 살아 있는 걱정거리를 없애 줄 친구가 하나도 없
  단 말인가?〉

이렇게 말씀하셨지?

하인　　　　　바로 그렇게 말씀하셨습니다.

엑스턴　〈친구가 없단 말인가?〉라고 하셨지. 그것도 두 번씩
　이나,

아주 힘주어 말씀하셨지, 그러지 않으셨나?　　　　　　5

하인　맞습니다.

엑스턴　그 말씀을 하시면서 갈망하듯이 나를 빤히 바라보셨
　는데,

이렇게 말씀하시는 것 같았다. 〈그대가 내 가슴에서 이 두
　려움을

없애 줄 수 있는 사람이었으면 좋겠다.〉

폼프릿성에 갇힌 왕을 가리키는 거야. 자, 다들 가세.　　10

왕의 친구인 내가 왕의 적을 제거해 줘야지.　　(모두 퇴장)

제5장

리처드왕 혼자 등장.

리처드왕　내가 갇힌 이 감방을 세상과 비교하는 방법을
　여태 궁리해 왔다.

그러나 세상은 사람들로 가득한데
이곳에서 나는 혼자일 뿐이니
비교가 안 되는구나. 그러나 머리를 짜보자.   5
내 머리를 내 영혼의 여인으로 삼고
내 영혼을 아비 삼으면, 이들 둘이서
쏟아지는 상념의 자식들을 잉태하고
이 상념들이 이 세상 사람들처럼 다양한 인물들로
이 작은 감방 세상을 가득 채우겠지,   10
생각은 만족을 모르는 법이니까. 하느님에 대한
고상한 생각들은 작은 의심과 뒤섞여
성경 말씀과 성경 말씀이 서로 모순되고,
이렇게 말이지. 〈어린아이들이여, 오너라〉라고 했다가 다시
〈낙타가 바늘귀를 빠져나가는 것만큼 어렵다〉라고   15
쓰여 있단 말이지.
출세를 바라는 야심 찬 생각들이 실현될 수 없는
공상을 자아내지. 내 거친 감방의 벽,
이 단단한 세상의 대리석 벽에 이 약한 손톱으로
어떻게 구멍을 낸단 말인가.   20
그건 좋다마는 불가능한 일이니 생각에 그칠 뿐.
자족하는 생각들은 자신들이 행운의 여신의 노예들 중
첫째도 아니지만 마지막도 아닐 것이라고
자위하는구나. 이건 마치 족쇄를 차고 앉아
다른 많은 사람들도 같은 처지였다는 생각에   25

자신들의 치욕을 숨기며,

일찍이 똑같은 경험을 했던

다른 사람들의 등에 자신의 불운을 내려놓고 자기를 달래는

어리석은 거지들과 흡사하구나.

이처럼 나는 혼자서 여러 역을 하는데   30

하나도 만족을 모르는구나. 때로는 왕이 되었다가

반역을 만나면 차라리 거지가 되었으면 하고

그러면 거지가 되지. 그러면 또 가난에 찌들어 왕이었을
　　때가

더 좋았다고 설득을 당하고.

그래 다시 왕이 되었다가 이윽고   35

불링브루크가 나를 폐위했다는 생각이 들고,

곧장 아무것도 아닌 존재가 되지. 내가 무엇이든 간에,

나뿐만 아니라 인간치고 그 누구도

죽어 없어지기 전에는 아무것에도

만족을 모르는 법이지.　　　　　　　(음악 소리가 들린다)   40

무슨 음악 소리지?

오호라, 박자를 맞춘다! 박자가 안 맞고 화음이 깨지면

달콤한 음악도 얼마나 거칠게 들리는가.

인간이란 음악도 마찬가지지.

이곳에서 나는 줄이 흐트러져 박자가 틀린 것을   45

책망하는 가장 예민한 귀를 가지게 되었지만,

정작 나의 왕권과 때를 맞추는 일에서는

박자가 틀렸는데도 들을 귀가 없었구나.

시간을 허비했더니 이제 시간이 나를 허비하는군.

이제 시간이 나를 자신의 시간을 알리는 시계로 만들어 놓
    았어.   50

내 상념은 분침이고, 한숨과 함께 똑딱거리며

문자판인 내 눈에 불면을 가져다주는구나.

내 손가락은 시곗바늘처럼 계속 문자판을 가리키며

얼굴 같은 그곳에서 눈물을 닦아 내고 있노라.

여보시오, 몇 시인지 알리는 저 소리는   55

내 심장의 종을 때리는 요란한 신음 소리라오.

한숨과 눈물과 신음은 이렇게

분과 문자판과 시간을 알려 줍니다. 그러나 나의 여생은

이곳에서 불링브루크의 타종 막대로 우두커니 서 있는 동안

정점에 이른 그의 기쁨을 향해 달려갑니다.   60

이 음악이 나를 미치게 하는군. 음악을 그쳐라.

음악이 광인에게 제정신을 찾아 준 적이 있었다 해도

내가 보기에 음악은 현자도 미치게 하는 것 같단 말이다.

그러나 내게 음악을 들려주는 자에게 축복이 있기를.

이건 사랑의 표시이고, 리처드왕에 대한 사랑은   65

이 미움 가득한 세상에서 진기한 보석이니까.

마구간지기 등장.

마구간지기 안녕하십니까, 폐하!

리처드왕   고맙소, 귀족 양반,

   아무리 싸구려 왕이라도 귀족보단 10전은 비싸지.

   그대는 누구인가? 불운을 연장시키려고 나에게

   음식을 가져다주는 어두운 표정의 개자식 말고 인간이라

      고는   70

   아무도 오지 않는 이곳에 어떻게 왔는가?

마구간지기 저는 폐하가 왕위에 계실 때

   폐하의 천한 마구간지기였습니다. 요크를 향해 가다가

   정말 어렵사리 허락을 얻어 마침내 한때 왕이셨던

   주인님의 얼굴을 바라보게 되었습니다.   75

   폐하께서 그렇게 자주 타셨고

   제가 그렇게도 성의껏 길들였던

   갈색 바버리[11]산 말을 대관식 날

   불링브루크가 타고 있는 모습을 런던 거리에서 보고는

   가슴이 미어졌습니다.   80

리처드왕 그가 내 바버리 말을 탔다고? 여보게, 그를 태운

   모습이 어땠는지 내게 말해 주게.

마구간지기 땅을 경멸하는 듯 너무나 거만했습니다.

리처드왕 불링브루크를 등에 태우고 자랑스러워하다니.

   왕인 내 손에서 빵을 얻어먹은 빌어먹을 말 같으니,   85

   이 손으로 자랑스럽게 쓰다듬어 주었건만.

   11 아라비아산 말의 일종. 이곳에서는 리처드왕이 타던 말의 이름이기도 하다.

자만심은 결국 떨어지게 마련이지. 그놈이 거꾸러지고
넘어져서 자신의 등짝을 찬탈한 그 거만한 자의
목을 부러뜨려 놓으려고 하지 않았단 말이오?
나의 애마여, 용서하라! 사람에게 단련되어   90
사람을 태우려고 태어난 너를 내 어찌 욕한단
말이냐? 나는 말로 태어나지는 않았지만
나귀처럼 짐을 지고
달리는 불링브루크의 박차에 맞아 여기저기 상처투성이이
    고 쇠진했구나.

             식사를 가지고 리처드의 간수 등장.

간수   이봐, 물러가라. 이곳에 더 이상 머물지 마라.   95
리처드왕   짐을 사랑한다면, 이제 물러가시오.
마구간지기   입으로 차마 다 하지 못한 말은 마음으로 대신하
    겠습니다.   (퇴장)
간수   폐하, 식사하시겠습니까?
리처드왕   늘 하던 대로 그대가 먼저 먹어 보시오.
간수   폐하, 아니 됩니다. 최근에 왕의 분부를 받고 온   100
    피어스 엑스턴 경이 금지했습니다.
리처드왕   랭커스터의 헨리와 네놈을 악마가 잡아가 버렸
    으면!
    인내심은 시어 터졌고 나는 이제 지쳤구나! (간수를 때린다)

간수　사람 살려, 사람 살려, 살려 주시오!

　　　　　　살인자들인 엑스턴과 하인들이 달려온다.

리처드왕　아니! 이처럼 무례하게 나를 공격해 때려 죽일 작정
　　이란 말이냐?　　　　　　　　　　　　　　　　　　　105
　이 악당아, 네 손에 네가 죽을 것이다.
　이놈아, 가서 지옥의 빈 공간을 채워라.
　　　　　　　　　　　　(이때 엑스턴이 왕을 때려눕힌다)
　이렇게 내 몸을 쓰러뜨리는 그 손은 꺼지지 않는
　지옥 불을 벗어나지 못하리라. 엑스턴, 너의 잔인한 손이
　왕의 피로 왕의 국토를 더럽혀 놓았구나.　　　　　　110
　너 있을 곳은 저 높은 곳이니, 내 영혼이여, 올라가라, 올
　　라가.
　내 무거운 육신은 아래로 떨어져 여기서 죽는구나. (죽는다)
엑스턴　왕가의 핏줄답게 용감하구나.
　그의 용기와 피를 내 손으로 흘려보내다니. 이것이 선행이
　　었으면
　너무나 좋으련만, 나더러 잘했다고 칭찬하던 악마는 이제　　115
　내 행위가 지옥의 장부에 기록되어 있다고 속삭이는구나.
　이 죽은 왕을 살아 있는 왕에게 데려가야겠다.
　나머지 시체들을 치우고 이곳에 매장하라.　　(모두 퇴장)

제6장

불링브루크와 요크가 다른 귀족들, 시종들과 함께 등장.

불링브루크   자상하신 숙부님, 최근 짐이 들은 소식에 의하면
  반란군들이 글로스터셔에 있는 시시스터 마을을
  태워 버렸다고 합니다.
  그러나 반란군들이 잡혔는지 살해되었는지 짐은 알지 못
  합니다.

노섬벌랜드 등장.

  백작, 잘 오셨소. 무슨 소식이라도?   5

노섬벌랜드   우선 폐하의 성스러운 왕좌에 행운이 가득하길
  빕니다.
  급히 전할 소식은 제가 런던으로 솔즈베리, 스펜서, 블런트,
  그리고 켄트의 머리를 보냈다는 사실입니다.
  그들을 사로잡은 방법은 여기 있는 이 서류에
  자세히 적혀 있습니다.   10

불링브루크   고맙소, 퍼시, 수고하셨소.
  공의 전공에는 그만한 보상이 따르게 될 것이오.

피츠워터 백작 등장.

피츠워터　폐하, 저는 옥스퍼드에서 런던으로 브로카스와 배
　　넷 실리 경의
　　머리를 보냈습니다. 이자들은 옥스퍼드에서
　　폐하의 끔찍한 살해를 기도했던　　　　　　　　　　　15
　　위험한 반역자 무리 중 두 명입니다.

불링브루크　피츠워터, 그대의 공을 잊지 않겠소.
　　그대의 전공이 훌륭함을 내 잘 알고 있소.

　　　　　　　　퍼시와 칼라일 등장.

퍼시　대반역자인 웨스트민스터 대주교가
　　양심의 가책과 고통스러운 번민으로　　　　　　　　20
　　자신의 육신을 무덤에 내어 주었습니다.
　　그러나 여기 칼라일은 살아서 왕의 징벌과
　　자신의 교만에 대한 심판을 기다리고 있습니다.

불링브루크　칼라일, 그대가 받을 벌은 이것이오.
　　그대가 지금 거하는 곳보다 더 성스럽고 은밀한 곳,　　25
　　어느 암자를 택해서 여생을 즐기시오.
　　평화롭게 살아온 것처럼 평화롭게 죽으시오.
　　비록 그대가 나의 적이기는 하였지만
　　그대에게서 나는 명예의 불꽃이 치솟는 것을 보았소.

　　　　　　　엑스턴이 관을 끌고 등장.

엑스턴　위대한 왕이시여, 이 관 속에 폐하의 두려움을 묻어　　30
바칩니다. 여기 가져온 관 안에
폐하의 가장 막강한 대적인
보르도의 리처드가 숨을 거둔 채 누워 있습니다.

불링브루크　엑스턴, 헛수고했구려. 그대는 그 무서운 손으로
나와 내 훌륭한 왕국을 욕보일 행동을　　35
저질렀소.

엑스턴　폐하, 폐하의 분부로 저는 이 일을 했습니다.

불링브루크　독약이 필요한 자는 독약을 싫어하는 법이오.
나 역시 그대를 좋아하지 않소. 내 비록 그가 죽기를 바랐
　　지만
나는 살인자를 증오하고, 피살자를 사랑하오.　　40
그대 수고의 대가로 나의 칭찬이나 왕의 호의 대신
양심의 가책이나 받으시오.
카인과 함께 어두운 밤을 떠돌고
결단코 그대 머리가 눈에 띄지 않게 하시오.
제신들이여, 내가 피의 거름을 먹고 자라나야 하다니　　45
내 영혼은 심히 괴롭소이다.
자, 다들 나와 함께 리처드의 죽음을 애통해하며
즉시 검은 상복을 입읍시다.
내 이 죄 많은 손에서 이 피를 씻어 내기 위하여
성지를 향한 항해에 나서겠소.　　50
엄숙하게 다들 나를 따르시오.

이 때아닌 죽음을 두고 눈물 흘리며
다들 나와 함께 곡을 합시다.   (모두 퇴장)

막이 내린다.

역사와 역사극 사이: 셰익스피어의 「리처드 2세」

　윌리엄 셰익스피어는 존왕에서 헨리 8세에 이르기까지, 즉 존왕의 재위 기간인 1199~1216년부터 헨리 8세의 재위 기간인 1509~1547년까지 약 350년에 걸친 영국 역사의 격동기를 자신의 역사극에 담았다. 여기서 영국 역사의 격동기란 1066년 정복자 윌리엄의 브리튼 정복 이후 도입된 봉건 체제가 무너지고 근대 절대주의가 탄생하는 과정을 보여 주는 전쟁과 혼란의 시기를 의미한다. 셰익스피어의 역사극은 영국 역사에서 소재를 가져왔기 때문에 흔히 역사극, 혹은 연대기극이라 불리지만 때로는 역사적 사건보다는 역사 속 인물의 성격에 초점이 맞춰져 있어 비극으로 분류되기도 한다. 실제로 셰익스피어 당대에 「리처드 2세」와 「리처드 3세」 등은 비극으로 분류되기도 했다. 역사적 사건을 중심으로 플롯에 주목할 경우 역사극이지만 이 사건에 반응하는 인물의 성격에 초점을 맞출 경우 비극으로 분류되는 상황이다. 셰익스피어 시대의 영어에서 〈역사history〉란 단어는 흔히 〈이야기〉라는 의미로 더 빈번하게 사용되어 이러한 장르 혼합이 지금보다는 용이했다. 셰익스피어의 극에서 역사의 큰 자장은 인물을 중심으로 형성되며, 중심인물이 빠진 역사는 죽은 이야기에 불과하다. 그렇다고 해서 중심인물이 반드시 왕후장상 같은 영웅적인 인물에 국한될 필요는 없다. 셰익스피어가 비록 그의 역사극에서 귀족들의 왕권 쟁탈전을 펼쳐 보이고 있지만 역사의 밑바닥을 흐르는 민중의 힘에 바탕을 둔 절대주의 왕권의 필요성을 강조하는 것을 잊지 않는다. 한마디로 셰익스피어의 역사극은 왕가의 패권 쟁탈 전쟁을 그리는 전쟁 복수극의 성격이 강해 비극과 역사극의 혼합 형태를 보이지만, 이 과정에서 백성의 지지가 절대적임을 암시하고 있다. 「줄리어스 시저」 같은 로마 비극에서 셰익스피어는 절대 왕권 체제보다는 공화정 체제에 더 호의적인 편이다. 명목상의 왕을 중심으로 영주들의 견제와 균형을 바탕으로 한 중세 봉건 체제로부터 근대 중앙 집권적 절대주의 왕권의 탄생으로 나아가는 과정에서 중세 봉건 체제 영주들의 기능과 세력을 이제 민중의 힘이 대신하게 된다. 대중적인 기반을 획득하지 못한 절대 왕권은 쉽게 몰락한다는 것을 셰익스피어의 역사극은 강하게 시사하고 있다.

셰익스피어의 역사극은 우리의 『조선왕조실록』에 해당하는, 에드워드 홀Edward Hall이 편찬한 『랭커스터와 요크 명문 귀족 가문의 결합The Union of the Two Noble and Illustre Families of Lancaster and York』(제2판, 1548)과 래피얼 홀린셰드Raphael Holinshed가 편찬한 『잉글랜드, 스코틀랜드, 아일랜드 연대기 Chronicles of England, Scotland, and Ireland』(제2판, 1587)를 주로 참고한다. 이 역사서들은 편찬 연대가 말해 주듯이 다분히 튜더 왕조(1485~1603)의 시각을 반영하고 있다. 다시 말해 1399년 왕위 찬탈 이래 엘리자베스 1세까지 이어지는 랭커스터 가문 왕권의 정통성을 신의 섭리로 정당화하는 소위 〈튜더 신화Tudor myth〉를 변호하는 입장에서 기록된 것들이다. 셰익스피어가 이들 사료를 바탕으로 역사극을 썼다고 해서 튜더 신화를 문자 그대로 용인하거나 변호하는 것은 결코 아니다. 예컨대 왕권의 정통성과 안정을 강조하기 위해 튜더 신화에 의존하는 왕권신수설과 같은 중세의 정치 이데올로기는 이를 강조하면 할수록 튜더 신화를 부정하고 해체하게 된다. 헨리 4세에 의한 왕권 찬탈은 근본적으로 왕권신수설, 즉 아무리 폭군 같은 군주라도 왕은 지상에서 신을 대리하는 인물이기 때문에 왕권에 저항하는 것은 신성모독에 해당한다는 튜더 신화를 정면으로 부정하는 사건이 되기 때문이다. 셰익스피어는 당대의 지배 담론에 침윤되어 있지만 동시에 이와 일정한 거리를 유지하는 양면성을 보인다. 이러한 작가의 양가성은 관객이나 독자로 하여금 특정한 역사적 사건을 다양한 관점에서 바라볼 수 있도록 한다. 이러한 관점들의 충돌에서 그의 역사극이 보이는 아이러니가 발생하는데, 셰익스피어는 역사극을 일정한 시각 속에 가두지 않고 해석의 다양성을 열어놓음으로써 극적 아이러니를 충분히 활용한다. 셰익스피어와 마찬가지로 관객이나 독자는 이미 알고 있는 과거의 역사적 사실을 자신이 서 있는 당대의 시점에서 바라봄으로써 지난 역사를 더 객관적으로 거리를 두고 바라볼 수 있으며, 특정한 역사적 사건을 전후 맥락 속에 두고 자리매김함으로써 사건에 함몰된 인물들보다 넓고 깊은 시각을 확보할 수 있다. 바로 이 점에서 셰익스피어의 역사극은 극적 아이러니를 통해 튜더 신화의 〈신화적〉 속성을 고스란히 드러낸다.

셰익스피어가 역사적 사료를 대하는 태도는 극적인 필요성을 앞세운, 사료의 선택적 변용이다. 아무리 중요한 역사적 의미를 지닌 사건일지라도 극적 인물 창조나 구성에 도움이 되지 않는다고 판단하면 언급조차 하지 않는다.「존왕」에서 대헌장Magna Carta이 언급되지 않는 것이 좋은 사례이다.「헨리 4세 1부」,「헨리 4세 2부」에서 헨리 왕자(나중에 헨리 5세)의 상대역이 되는 노섬벌랜드 백작의 아들 헨리 퍼시는 실제로 헨리 4세와 비슷한 나이지만 극 중에서는 헨리 왕자와 동갑내기 상대역으로 그려진다. 셰익스피어에게 중요한 것은 극적 효과이지 역사적 사실 자체나 충실한 재현에 있지 않다. 이 점은「리처드 2세」의 경우 현저하다.「리처드 2세」는 셰익스피어의 역사극 중 소위 두 번째 4부작의 시작을 알리는 작품이며 1백 년 가까이 이어진 영국 내란의 시발점을 보여 주는 작품이다.「리처드 2세」는 1597년 제1사절판에서는 비극으로 분류되어 있어 셰익스피어의 인물 창조의 특성을 잘 보여 주기도 한다.

에드워드 3세(재위 1327~1377)의 장자인 흑태자 에드워드Edward the Black Prince는 프랑스와의 전쟁에서 무용을 떨친 영웅이지만 전장인 프랑스에서 탈장으로 아버지보다 한 해 전에 사망한다. 에드워드 3세가 죽자 후계권은 흑태자의 어린 아들인 리처드에게 돌아가는데 그는 당시 11세의 미성년이라 숙부인 랭커스터 공작인 곤트의 존이 섭정을 맡는다. 역사적으로 랭커스터 공작은 스페인 카스티야 왕국의 왕권을 주장하며 침략 전쟁에 나서는 등 정권에 대한 야심이 강했던 인물이다. 여기에 덧붙여 리처드의 막내 숙부인 글로스터 공작 역시 매우 도전적이며 야심에 찬 인물로 리처드의 폐위를 모반하다 유배되는 등, 섭정 세력과 리처드의 정치적 갈등은 리처드의 치세 기간 내내 정치적 불안 요인이 된다. 이 정치적 불안과 갈등을 대변해 주는 사건이 1381년의 농민 반란, 혹은 그 지도자의 이름을 따서 와트 타일러Wat Tyler 반란이라 불리는 사건이다. 〈아담이 땅 파고 이브가 길쌈을 할 때, 양반이 어디 있었단 말인가?〉라는 당대에 유행하던 속요가 말해 주듯이 인간 평등을 설파하며 봉기를 이끈 목사 존 불John Bull의 설교에 영향을 받은 농민들은 과도한 조세와 압정에 항거하여 에식스 지방에서 봉기를 일으켰고 급기야 켄트, 서리, 서식스, 서퍽, 노퍽, 케임브리지, 링컨, 런던에 이르기까지 전국적인 세력을 확보하고 국왕 면담을 요구하기에 이른다. 반란 당시 16세의 어린 나이였음에도 불구하고 리처드왕은 와트 타일러와의 면담에 응하며 그들의 요구 조건을 대부분 수용하는 정치적 수완을 보인다. 그가 농민들의 요구를 쉽게 수용한 데는 자신을 견제하는 봉건적인 구(舊)귀족 세력을 민중의 힘에 의지해 견제하려는 계산이 깔려 있었을 것이다. 면담 과정에서 런던 시장인 월워스Walworth가 타일러의 오만함을 견디지 못하고 그를 살해함으로써 지도자를 잃은 반란군은 쉽게 제압되어 버린다. 셰익스피어는 이 사건을 「리처드 2세」에서 언급조차 하지 않고 있다. 주된 이유는 매우 우유부단하고 자아 탐닉형 인간으로 그려진 리처드의 모습에 걸맞지 않다고 판단했기 때문일 것이다. 일관된 성격을 창조하기 위해서 리처드의 영웅적인 모습을 보여 주는 역사적 사건들은 삭제한 것이다. 18세기 영국 계몽주의 철학자 데이비드 흄David Hume의 『영국사』가 말해 주듯 16세의 어린 나이에 리처드가 보여 준 대담함과 용기, 위기 대처 능력 등은 그의 아버지 흑태자 에드워드, 할아버지 에드워드 3세의 능력에 버금가는 것으로 리처드왕에 대한 백성들의 기대를 한층 고취시키기에 충분했다.[1] 그러나 나이가 들어 감에 따라 리처드왕에 대한 기대는 실망으로 바뀌었는데, 그의 나이 20세가 되던 1385년 스코틀랜드 왕국과의 전쟁이 계기가 되었다. 스코틀랜드 군대가 프랑스 기병들의 도움을 받아 서해안을 따라 잉글랜드를 침략하자 리처드왕은 6만의 군대를 이끌고 스코틀랜드로 진군하여 에든버러를 점령하는 등의 전과를 올린다. 리처드는 거기서 서해안으로 진군하여 영국 침공에서 돌아오는 스코틀랜드 군대를 공격하라는 권유를 뿌리치고, 하루바삐 불편한 전장에서 벗어나 안락한 궁정 생활을 즐기겠다는 일념으로 서둘러 귀국해 버린다. 리처드의 이러한 조급함과 이기심은 셰익스피어의 역사극에는 전혀 언급되어 있지 않지만 그의 성격을 보여 주기에는 충분하다. 농민 반란과 더불어 스코틀랜드 군대의 침략 등이 보여 주는 사실은 귀족 세력과 갈등을 빚고 있는 왕권의 유약함이 국가적 혼란을 야기하는 주된

---

1 David Hume, *The History of England* (Philadelphia: Henry T. Coates, n.d.), Vol. 2, p. 154.

원인으로 작용하고 있었으며, 리처드는 일반 백성들의 경제적 불만을 해소하지 못했고 민심 또한 상당히 멀어져 있었다는 것이다. 셰익스피어는 비록 역사극에서 이러한 사실들을 전혀 언급하지 않지만, 이것들은 리처드왕의 성격에 대한 배경 그림으로 작용하고 있다.

분방하고 탐닉적인 리처드는 섭정인 숙부들, 특히 야심만만하며 자신에게 대놓고 도전하는 글로스터 공작에게 종속된 정치적 현실을 못 견뎌 하며 이들과 지속적으로 갈등한다.(Hume 156) 리처드는 숙부들의 간섭이 심해질수록 젊은 귀족 세력과 연합하여 이에 대적하는데, 이 갈등과 정치적 대립에서 모든 국가적 혼란과 무질서가 초래되었다. 1389년, 23세가 된 리처드는 이제 성년으로서 섭정에서 벗어나 독자적인 왕권을 행사하기를 공식적으로 요구하게 된다. 이해에 리처드는 아일랜드 반란을 직접 진압함으로써 실추된 영웅적인 면모를 일부 회복한다. 리처드에게 왕권을 내준 글로스터 공작은 왕에게 불만이 많은 백성들과 귀족들을 규합하여 권좌를 노리다가 실패하여 프랑스 칼레로 추방된다. 이 과정에서 왕은 충분한 모반의 증거들을 확보하지 않은 채 글로스터를 성급하게 추방하며, 그와 공모한 워릭 백작, 어런들 백작 등 힘 있는 귀족을 체포하는 과정에서 법적 절차를 무시하는 등 절대 왕권을 지나치게 신뢰하는 모습을 보인다. 왕권의 절대성에 대한 이러한 리처드의 자의적 해석은 그를 전제 군주로 각인시키기에 충분하다. 셰익스피어는 「리처드 2세」 초반부에서 자의적으로 쉽게 결정을 바꾸는 리처드의 절대 군주의 면모와 오로지 자신의 의지에 의존하며 여기에 절대권을 부여하는 전제 군주의 모습을 겹쳐 놓고 있다. 여기에 맞서 여전히 글로스터의 지지 세력이 포진한 의회는 사건 조사를 위해 추방된 글로스터에 대한 소환장을 발부하는데, 이를 접한 칼레의 총독은 글로스터가 자신의 요새에서 갑작스럽게 뇌출혈로 병사했다고 보고한다. 나중에 옥리들에 의해서 베개로 압사당했다고 밝혀진 글로스터의 죽음에 리처드왕이 직접 간여했다는 소문이 당시에 자자했다. 리처드와 글로스터의 대립과 갈등은 서로 정치적 절대 권력을 장악하려는 개인적인 야심에서 비롯한 것으로 국가적 질서와 안녕과는 거리가 먼 것이다. 흄의 지적처럼 〈양쪽은 승리의 환호를 계속 내지르는 가운데 상대방에게 복수하는 것밖에는 관심이 없었다. 그리고 서로 닮음으로써 자신들이 주도권을 장악하고 있는 한 상대편의 불법적인 폭력을 간접적으로 정당화하고 있다는 사실을 어느 쪽도 알지 못했다. (……) 영국 고대사는 일련의 뒤바뀜에 불과하다. 모든 것이 요동치고 있으며 한 파당은 다른 쪽 파당이 성취한 것을 계속해서 파괴한다. 현재 행동의 안전을 확보하기 위해서 개별 파당이 강요한 수많은 맹세들이란 자신들의 불안정을 그들이 계속해서 의식하고 있음을 드러낸다〉.(Hume 171~172) 계몽주의 시대의 이성적 관점에서 정치적 권력의 갈등과 변화를 매우 부정적으로 바라보는 냉소적인 흄의 생각은 영국의 내란을 거리를 두고 바라보는 셰익스피어의 시각과 동떨어진 것이 아니다.

글로스터 공작이 죽은 후 랭커스터 공작의 아들 허퍼드 백작 헨리 불링브루크는 의회에서 노퍽 공작 토머스 모브레이가 개인적으로 왕을 비방하며, 왕이 많은 귀족들을 살해할 작정이라고 자신에게 은밀하게 털어놓았다고 그를 공개 비난했다. 노퍽은 이를 부정하며 허퍼드에게 결투를 신청한다. 흄은 개인적인 이야기를 공개적으로 비난한 허퍼드의 명예심을 문제 삼으며, 노퍽의 말이 더 신빙성이 있다고 주장한다.(Hume 172~173) 물론 노퍽 공작은 글로스터 공작과 더불어 리처드왕의 폐위 음모에 적극 가담했던 인물이었다. 그러나 나중에는 동료 공모자들을 공개 비난하는 데 이 때문에 허퍼드의 공적이 되었을 가능성이 크다. 코번트리에서의 결투를 앞두고 왕은 의회를 소집하여 이들의 동의하에 결투를 중지시키고 노퍽에게는 영구 국외 추방형을, 허퍼드에게는 10년 추방형을 선언했다가 나중에 번복하여 6년 추방형을 내린다. 1399년 랭커스터 공작이 죽자 리처드는 그의 재산을 몰수해 버린다. 물론 이때도 의회의 동의가 수반되었다. 리처드는 이어서 아일랜드에서 선주민들에게 살해당한 마치 백작인 사촌 로저의 복수를 위해 국사를 숙부인 요크 공작에게 위임하고 아일랜드로 출정한다. 이때를 틈타 추방 중이던 허퍼드는 채 1년도 지나지 않아 60여 명[2]의 추종자들과 더불어 낭트를 떠나 요크셔의 레이번스퍼항에 상륙한다. 기다리던 노섬벌랜드 공작, 웨스트모어 공작 등 국왕의 절대 권력에 불만을 품은 귀족 세력들과 합류한 허퍼드는 급기야 6만 대군을 규합하여 왕의 총신들을 체포한 후 처형한다. 의회는 서른세 개 항에 이르는 왕의 실정을 내세워 리처

2 헨리는 나중에 이 숫자를 근거로 자신의 찬탈 의도를 부정한다.

드의 폐위를 공식 요구하는데 이를 공개적으로 비난하며 반대한 인물은 칼라일 주교 한 명뿐이었다. 상원과 하원의 만장일치로 리처드가 폐위되자 이제 랭커스터 공작의 작위를 회복한 허퍼드 불링브루크는 다음과 같이 선언하며 스스로 권좌에 오른다.

> 성부와 성자와 성령의 이름으로 나 랭커스터의 헨리는 잉글랜드의 왕국과 왕관과 백성들과 그에 수반하는 모든 것을 소유할 권리가 있음을 주장하는 바이다. 선한 헨리 3세의 적법한 혈통을 이어받은 나는 은총의 하느님이 내게 주신 권리와 친척과 친구 들의 도움으로 실정과 불법으로 도탄 직전에 처한 그 왕국을 이제 회복하는 바이다.

리처드왕 생전에 그의 사촌 마치 백작을 후계자로 선언했던 의회는 이를 무효화하거나 문제 삼지도 않고 이제는 헨리를 왕으로 앉혔다. 권력을 좇는 의회의 이러한 부조리하고 변덕스러운 행동들은 국사의 옳고 그름에 대한 백성들의 생각을 흐리게 하기에 충분했다.(Hume 183) 폐위된 후 폼프릿성에 갇혔던 리처드는 1400년 피어스 엑스턴 경과 간수들에 의해서 살해되었다. 그러나 리처드가 감옥에서 아사당했다는 설 또한 유력하다. 셰익스피어는 전자를 선택하여 극적인 효과를 증대시키고 있으며, 리처드가 글로스터를 살해하는 과정을 새로운 왕 헨리가 답습하고 있음을 보여 줌으로써 권력의 잔혹함과 더불어 리처드와 헨리가 각자 성격은 다르나 정권 행사에서는 유사한 인물임을 부각시킨다. 리처드는 34세의 나이에, 즉위 23년 되던 해에 후사 없이 죽었다.

셰익스피어가 자신의 역사극에서 사료를 선택적으로 차용해서 변용하고 있다는 사실은 「리처드 2세」에서 리처드왕과 이저벨 왕비의 관계에서 가장 극명하게 드러난다. 리처드왕은 보헤미아의 빈체슬라우스Winceslaus 황제의 누이동생 앤과 결혼했으며, 앤 왕비의 사후에는 프랑스의 이저벨 공주와 약혼한 상태였다. 리처드가 죽었을 때 그녀는 11세의 어린아이였다. 그러나 셰익스피어는 시종 이저벨을 왕비로 그리고 있다. 따라서 작품 마지막에 리처드와 이저벨 왕비의 이혼을 암시하는 극적 처리는 역사적 사실과 관계없이 관객의 동정심을 끌어내려는 셰익스피어의 전략의 일부이다. 셰익스피어가 사료를 선택적으로 차용하고 변용하는 과정에서 당대 튜더 왕가의 지배 이데올로기를 여과 없이 반영했다고 보는 것은 잘못된 견해이다. 비록 절대 왕권 체제하이기는 하지만 셰익스피어는 이 절대주의 국가가 백성들과 함께하지 못하면 정변의 위험에 지속적으로 노출된다는 사실을 잘 알고 있다. 그의 시대는 마키아벨리의 현실 정치 철학이 유행하던 시대이기도 하다.

리처드의 치세 기간은 대륙의 르네상스 시대의 시작과 맞닿아 있다. 농민 반란과 더불어 1380년대 영국의 종교 개혁가 존 위클리프John Wycliffe와 추종 세력인 롤라드Lollard 일파[3]의 성경 번역과 종교 개혁 정신의 발양은 민중 계몽 운동의 성격이 강하

---

3 롤라드란 명칭은 무위도식하며 입만 살아서 나불대고 빈둥거리는 놈들이라는 경멸적인 표현으로 후세에 이들 개혁파를 비난해서 붙여진 이름이다.

며 민중 자의식의 성장을 말해 주는 문화적 사건들이다. 이러한 시대에 왕권신수설과 같은 절대주의 통치 이데올로기에 집착한 리처드는 글로스터 공작이나 헨리 불링브루크와 달리 백성들의 마음을 사는 데 실패한 인물이다. 리처드와 헨리 불링브루크, 나아가 귀족 세력들 역시 절대 권력을 추구하기는 마찬가지이다. 셰익스피어 비평가 틸야드E. M. W. Tillyard가 리처드를 봉건 체제에 집착하는 왕으로, 헨리를 절대 권력을 추구하는 근대적인 절대 군주로 파악하는 것이나, 홀더니스Graham Holderness가 이에 반대하여 리처드가 오히려 절대주의 왕권을 맹목적으로 추구하는 반면 헨리는 봉건 영주들의 힘에 의존하는 인물이라고 주장하는 것은 모두 잘못이다. 리처드와 마찬가지로 헨리 역시 봉건 체제에서 벗어나 국가 권력이 왕에게 집중된 근대적인 절대주의 왕권을 추구했다. 이들은 귀족 세력과 백성들의 힘을 이용하는 과정에서 차이를 보일 뿐이다. 이들의 성패를 가름한 것은 근대 절대주의 국가의 근간이 되는 백성들의 묵시적인 지지를 확보하였느냐이다. 헨리나 리처드왕 모두 연극적인 역할놀이에 매우 능숙한 인물들이지만 헨리의 연극 놀이가 백성들의 환심을 사려는 행위인 반면, 리처드의 연극 놀이는 자기중심적이며 자아 탐닉적이다. 따라서 후자가 훨씬 더 진지하고 놀이의 성격에 가까운 반면 전자는 놀이를 가장한 일종의 일에 가깝다. 연극의 놀이적 성격이 정반대로 뒤집힐 때, 우리는 이를 위선[4]이라 부른다.

---

4 〈위선〉이란 단어는 원래 그리스어로 연기술, 연기, 배우놀이란 뜻이다. 따라서 〈위선자〉란 단어 역시 그리스어로 〈배우〉를 의미한다.

셰익스피어의 역사극을 읽을 때는 그가 사료에서 선택하지 않은 것들을 끌어와 배경에 두고 읽어 낼 수 있는 능력이 요구된다. 리처드는 농민 반란과 위클리프의 종교 개혁이 상징하는 역사적 힘을 붙잡아 읽어 내지 못한 게으른 독자였다. 틸야드가 셰익스피어의 역사극을 튜더 신화의 극화로 해석한 것은 셰익스피어가 사료에서 빼놓은 것들을 전혀 고려하지 않은 결과이다. 틸야드는 셰익스피어를 리처드와 마찬가지로 게으른 독자로 취급하는데, 아이러니하게도 그 게으른 독자는 셰익스피어가 아니라 틸야드 자신이다.

셰익스피어의 「리처드 2세」는 글로스터 공작이 죽은 직후인 1398년 4월 29일부터 리처드왕의 장례가 치러진 1400년 3월 초까지 약 2년의 시간을 14일 정도로 집약해 놓았다. 셰익스피어는 역사극에서 서사시와 마찬가지로 사건의 중간에서 시작하며 처음부터 극적 갈등을 제시하는 기법을 구사한다. 「리처드 2세」 역시 형식적으로는 1막 1장부터 불링브루크와 모브레이의 갈등을 부각시키고 있지만 실제로는 리처드왕과 왕의 명령을 거부하는 불링브루크의 대립을 전면에 내세운다. 글로스터 공작의 죽음에 모브레이 공작이 연루되어 있다며 그에게 결투를 신청하는 불링브루크의 행동은 왕을 우회적으로 공격하는 전략이다. 불링브루크의 주장에 동의하여 리처드왕은 성 램버트Saint Lambert 축일(9월 17일)에 코번트리에서 양자의 결투를 허용하는데, 처음부터 불링브루크의 주장에 굴복하는 왕의 나약한 모습이 제시된다. 결투란 중세 기사들의 재판이라 할 수 있는데, 이를 중단시키려다

실패한 리처드의 모습은 중세의 끝과 근대의 시작점에 엉거주춤하게 결박된 전환기적 인간의 모습이다. 정작 결투 날에 다시 결투를 중단시키고 리처드는 이들을 종신 추방과 6년 추방형에 처하는데, 실제 역사와 달리 의회의 동의를 거치지 않고 독자적인 결정을 내리는 모습으로 그려져 있다. 이로써 셰익스피어는 리처드의 성급함과 우유부단함을 동시에 드러낸다. 셰익스피어는 리처드가 기분 내키는 대로 즉흥적으로 판단하고 결정하는 유아적인 인물임을 극의 시작부터 강조한다.

극 중에서의 결투 중지 결정과 마찬가지로, 곤트의 죽음과 더불어 재산을 몰수하는 일 역시 즉흥적인 것으로 처리되어 있다. 이 역시 역사적으로는 의회의 동의를 거친 일이지만 극에서는 전혀 다르다. 곤트가 죽어 가면서 리처드왕은 자신의 향락을 위해 세수를 확보하려고 국가를 총신들에게 팔아먹는, 영국의 왕이 아니라 영주라고 비난한 데 대해서(2.1.112)[5] 리처드는 고스란히 이를 행동으로 증명해 보인 셈이다. 리처드의 성급한 결정에 대해 그의 아일랜드 원정 기간 동안 국사를 대신할 요크 공작은 자신은 이를 지켜보지 않겠다고 자리를 피해 버리는데 요크의 이러한 수동적인 태도는 장차 불링브루크가 군대를 일으켜 반란을 꾀할 때 역시 이를 수동적으로 수용하는 태도로 이어진다. 〈그는 정의롭고 항상 짐을 사랑한 분이니까요〉(2.1.220)라는 리처드의 판단을 결코 신뢰할 수 없음을 셰익스피어는 강조한다. 요크는 평화로운 때의 조언자로는 적합하지만 위기에는 행동력이 전혀 없는

5 이하 작품 인용의 막, 장, 행 번호 표기는 모두 본 번역을 따른다.

무기력한 인물이다. 그는 불링브루크의 귀국과 반란 소식을 접하자 〈위안은 하늘에 있고 우리는 고난과 근심과 슬픔만이 가득한 이 지상에 있습니다〉(2.2.80~81)라고 다분히 비관적인 기독교적 세계관을 드러내며 후퇴해 버린다. 요크는 기독교적인 세계관을 표현하는 소위 〈세상에 대한 경멸contemptus mundi〉에 의지하여 세상일을 수동적으로 인정하고 받아들이는 중세적인 인물이다. 이런 요크에게 국사를 넘겨준 리처드의 판단은 요크를 정변을 일으킬 위험 부담이 전혀 없는 인물로 파악한 점에서는 타당하지만, 위기의 순간 그가 자신의 방패가 될 수 없음을 간과한 것이다. 이런 요크에게 국사를 넘기고 개인적인 복수를 위해서 아일랜드 원정에 직접 나섬으로써 리처드는 왕의 두 몸, 즉 개인적인 신체와 국왕으로서의 공적인 신체를 혼동하는 잘못을 범한다.

성급한 리처드의 결정만큼이나 극적 사건 역시 숨 가쁘게 진행된다. 셰익스피어는 리처드의 출정과 동시에 불링브루크의 영국 상륙을 병치시킨다. 이것은 영국의 민심이 왕에게서 떠나 있으며 이들 불만 세력이 기회만 엿보고 있었을 뿐만 아니라 추방된 불링브루크와 긴밀한 연락을 취하고 있었음을 암시한다. 리처드의 총신들이었던 부시, 그린 등은 브리스틀성으로 숨기 바쁘고 왕의 귀국을 기다리던 웨일스 군사들은 하늘에 유성이 번쩍이고 월계수잎이 모두 시들어 버리는 등 자연계의 이변을 접하고 왕이 죽었다고 판단하고 해산해 버린다. 왕을 지지하는 이들 군대의 해산을 만류하던 솔즈베리 백작은 〈그대의 영광이 유성처럼 하늘에서 천한 지상으로 떨어지고 있음이 보이는군요〉(2.4.19~20)라며 체념한다. 「리어왕」에서 글로스터 백작의 말을 통해 확인되듯이 셰익스피어 당대에 새로운 실험 과학의 성과에도 불구하고 민간 차원에서 유성의 출현은 자연계의 이변으로, 국가적인 재앙을 알리는 신호로 받아들여졌다. 리처드왕을 지지하는 세력들은 현실 정치 철학과는 거리가 먼 왕권신수설을 신봉하는 봉건적인 통치 이데올로기에 여전히 사로잡혀 있는 사람들임을 알 수 있다. 이들 신념의 정치 세력과 힘의 정치 세력의 대립은 이미 시대적 대립과 불화를 내포하며 그 결과 또한 예측 가능하다. 군대 해산을 보여 주는 전체 24행에 이르는 솔즈베리 백작과 군 지휘관의 짧은 대화가 나오는 2막 4장은 사료에 들어 있지 않은 부분으로 전적으로 셰익스피어의 창작인데, 리처드의 운명을 보여 주는 결정적인 장면이다. 뒤이은 3막 3장 플린트성에서 불링브루크와 리처드왕의 대면은 2막 4장의 내용을 더 구체화한 데 불과하다. 높은 성 마루에서 내려와 성 밖에서 기다리고 있는 불링브루크와 대면한 리처드는 아버지인 태양신 헬리오스의 마차를 제대로 다루지 못해 땅에 너무 가까이 내려가 세상을 불바다를 만드는 통에 이에 놀란 제우스의 벼락을 맞고 죽은 빛나는 파에톤에 자신을 비유한다.[6] 서구 철학과 문학 담론에서 말을 잘 다룬다는 것은 영혼을 잘 통제한다는 의미인데, 이 통제의 기술, 즉 절제의 미덕을 결여함으로써 리처드는 파에톤처럼 몰락한다. 죽어 가는 곤트는 향락과 탐닉에 대한 절제의 부족을 의사의 충고를 듣지 않는

6 파에톤이란 이름 자체가 그리스어로 〈빛나는〉, 〈광휘로운〉이란 뜻이다.

환자의 모습에 비유한다. 마찬가지로 반란 소식을 접한 요크 또한 반란이 리처드왕의 포식이 가져다준 병적인 시간의 산물이라고 진단한다.(2.2.86) 중세 가톨릭에서 포식은 7대 죄악 중 하나이다. 절제와 중용의 미덕은 르네상스 예술 전반에 걸쳐 중요한 덕목으로 꼽히는데, 셰익스피어는 이 미덕을 역사극뿐만 아니라 비극, 후기 로맨스극에 이르기까지 지속적으로 다루고 있다. 그에게 디코럼decorum이란 적정, 예법을 넘어 조화의 원리를 의미한다. 셰익스피어에게 〈절제〉란 대장간에서 쇠가 달궈지듯 시련을 통해 단련된다는 의미를 포함하며 동시에 때를 안다는 의미도 포함되어 있다. 이런 의미에서 그의 작품에 빈번한 태풍과 난파는 시련을 통한 절제의 시험장이자 시간이 베푸는 교육의 장이기도 하다.

곤트, 요크, 리처드 자신의 입을 통해서 거듭 강조된 리처드의 정치적 한계를 가장 잘 보여 주는 일화가 3막 4장 정원사들의 대화 장면에 나온다. 귀족들의 정치 세계에서 정원사와 같은 평민들의 대화는 민심의 향방을 가늠케 하는 일종의 코러스[7]와 같은 논평자 기능을 한다. 셰익스피어는 다른 작품에서와 달리 이들 정원사들의 대화를 귀족들의 언어인 운문으로 처리함으로써 앞서 말한 의미를 가중시킨다. 요크 공작의 정원에서 두 하인을 대동하고 등장한 정원사는 하인들에게 웃자란 가지들을 잘라 버리라고 말하며 자신의 정원을 국가에 비유한다. 더욱이 그가 말하

---

7 그리스 고전극에서 코러스는 극의 진행을 이끌며 극 중 행위를 논평하는 기능을 한다.

는 국가는 위계질서가 정연한 절대 왕국이 아니라 만인이 평등하게 통치를 받는 공화정이란 점에서 주목을 요한다. 하인들이 웃자란 가지들을 잘라 내는 동안 정원사 자신은 건강한 꽃들로부터 비옥한 땅의 기운을 빨아먹는 무익하고 성가신 잡초들을 제거하겠다고 말한다.(3.4.29~38) 햄릿이 〈덴마크 왕국은 잡초가 무성한 정원이다〉라고 한 말 역시 국가와 통치를 정원과 원예술에 비유한 것이다. 무익하고 성가신 잡초들은 국가의 통치를 어지럽히는 간신들을 의미한다. 정원사는 자신들이 정원을 가꾸듯이 리처드왕이 바다로 둘러싸인 영국이라는 정원을 다듬고 가꾸었다면 불링브루크의 포로가 되지 않았을 것이라고 한탄한다. 정원사의 비유를 계속 따르자면 절제를 모르던 게으른 정원사인 리처드와 달리 새로운 정원사인 불링브루크는 잡초를 과감하게 뿌리째 뽑아 버리는 훌륭한 정원사이다. 셰익스피어는 정원 가꾸기 기술과 정치적 통치술을 비교하는 이 고전적인 비유를 여기서 발전시키고 있는데 이것은 리처드의 총신들인 부시와 그린 같은 인물들 이름이 푸른 식물계를 뜻하고 있음에 주목한 결과일 것이다. 앞서 말했듯 셰익스피어는 이들 정원사들의 대화를 전부 운문으로 처리함으로써 그들의 대화 내용에 진지성을 더한다. 하지만 정원사들은 귀족의 언어를 사용하며, 대화 내용 역시 곤트나 요크의 한탄과 불만에서 벗어나지 않고 이들의 언어를 답습하는 한계를 보인다. 다시 말해 정원사들은 독자 언어를 갖지 못함으로써 생생히 살아 있는 민중 언어를 보여 주지 못하며, 이로 인해 그들의 성격 창조 역시 개별적이고 독자적인 개성화로는 나아가지 못한다.

4막에서는 리처드의 폐위라는 정치적으로 매우 민감한 문제를 다루고 있다. 1598년의 사절판에는 직접적인 폐위 장면이 빠져 있는데 이는 검열 때문이었다. 1608년 엘리자베스 1세 사후 사절판에 처음으로 160여 행에 이르는 리처드의 폐위 장면이 삽입되어 있다. 셰익스피어는 웨스트민스터 홀에 소집된 의회에서 리처드가 공식 폐위되는 장면과 칼라일 주교가 국왕 폐위를 비난하며 이로 인한 재앙을 예언하는 장면을 동시에 일어난 사건으로 처리하고 있다. 웨스트민스터 홀은 리처드왕이 건설했는데 여기서 처음 소집된 의회가 자신의 폐위를 결정했다. 역사의 아이러니이다. 1399년 9월 30일의 일이었으며, 칼라일 주교가 이를 비난하는 연설을 한 것은 동년 10월 6일이었지만, 셰익스피어는 이 두 사건을 동시에 발생한 일로 처리함으로써 국왕 폐위가 의미하는 정치 질서의 혼란을 강조한다. 더욱이 요크 공작의 아들 오멀의 소위 국왕 폐위 음모 사건인 옥스퍼드 음모 사건을 헨리 4세의 즉위와 때를 맞추어 놓음으로써 리처드의 치세만큼이나 새로운 국왕의 통치 역시 순탄치 못할 것임을 강하게 암시한다. 폐위당한 리처드는 헨리를 도운 노섬벌랜드 공작 등 귀족들을 한결같이 자신을 십자가의 고난으로 몰아넣은 빌라도라고 비난하는데, 자신을 예수와 같은 희생자로 규정하고 자기 연민에 빠진다. 셰익스피어는 또한 아들 오멀의 사면을 간청하는 요크 공작 부인을 5막 2장에 등장시켜 모성의 애처로움에 굴복하여 사면을 허락하는 헨리의 관대함을 부각시킨다. 공작 부인은 실제로는 1394년에 죽었는데, 셰익스피어는 역사적인 사실을 무시하고 그녀를 살아 있는 인물로 등장시켜 극적인 박진감을 더한다. 이처럼 셰익스피어에게 역사적 사실들은 극의 줄거리를 엮는 데 필요한 제재(題材)에 불과하다. 그의 지속적인 관심은 극적인 인물 창조와 극적 효과의 극대화를 고려한 구성에 쏠려 있다. 셰익스피어 극에서 시대착오적인 요소들, 예컨대 「줄리어스 시저」에서 괘종시계 등장 같은 개연성이 떨어지는 사실들은 극적 효과라는 측면에서 정당화된다. 리처드의 폐위 장면에서 칼라일 주교는 이러한 전례로 인해 〈영국인의 피가 땅에 거름이 될 것이고 이 사악한 행동으로 인해 후세들이 신음할 것입니다〉(4.1.132~133)라고 예언하는데 바로 이어지는 「헨리 4세 1부」, 「헨리 4세 2부」는 이 예언의 실현을 그리고 있다.

그렇다면 「리처드 2세」에서 셰익스피어는 리처드의 폐위 문제를 어떻게 다루고 있는가? 폐위인가 찬탈인가? 이 작품보다 앞선 「헨리 6세」에서 요크 가문 사람들은 헨리 불링브루크를 찬탈자로 규정한다. 「헨리 6세 1부」에서 죽어 가는 모티머는 자신의 조카인 요크(나중에 요크 공작이 됨)에게 이렇게 말한다.

> 현왕(헨리 6세)의 할아버지 헨리 4세는
> 에드워드 3세의 장자이자 적법한 후계자였던
> 흑태자 에드워드의 아들인 조카 리처드를 폐위했다.
> 헨리 4세의 치세 동안 북쪽의 퍼시 가문은
> 그의 찬탈이 더없이 부당하다는 것을 알고서

나를 왕좌에 앉히려고 부단히 애썼다.

　같은 작품 2부에서 요크 역시 헨리 불링브루크를 찬탈자로 규정한다.

　　흑태자 에드워드는 부친보다 일찍 죽었고
　　외아들 리처드를 남겼다.
　　리처드는 에드워드 3세 사후 왕으로 통치했으나
　　곤트의 존의 장자이자 후계자인
　　랭커스터 공작 헨리 불링브루크가
　　헨리 4세의 이름으로 왕관을 쓰고
　　국가를 장악하고 적법한 왕을 폐위하였다.
　　불쌍한 왕비는 친정인 프랑스로 돌려보내졌고
　　리처드는 폼프릿성으로 보내졌다. 그곳에서
　　여러분들이 알듯이 무해한 리처드왕은 은밀하게 살해되었다.

　실질적인 내용에서 폐위와 찬탈은 크게 다르지 않을 수 있지만 형식 논리에서는 왕권의 정통성을 결정하는 데 결정적인 차이를 가져온다. 불링브루크는 의회의 동의를 얻은 리처드의 폐위로 자신은 적법한 후계자가 되었다고 생각하지만 강제된 폐위를 강조하는 리처드의 편에서 보면 불링브루크는 정통 왕권을 유린한 찬탈자이며 국가의 아버지를 살해한 폐륜아이다. 장미 전쟁으로 이어지는 영국의 오랜 내란은 정통성 시비를 둘러싼 왕가와 왕가의 일종의 복수전이다. 핏줄과 현실적인 힘이 정치적으로 결합할 때까지 이 복수극은 계속된다. 「리처드 2세」에 앞선 「헨리 6세」에 나오는 모티머, 요크의 발언을 들은 관객들은 불링브루크가 찬탈자임을 수긍했을까? 해당 사건을 알게 된 관객들은 리처드의 폐위 장면을 어떻게 받아들였을까? 셰익스피어는 이 민감한 사안을 관객들의 판단에 맡긴다. 셰익스피어가 질서와 안정의 논리를 앞세운 튜더 신화를 수용하고 지지하는 극작가라는 주장은 이 점에서 설득력이 떨어진다.

「리처드 2세」는 역사극이라는 예술 작품이 역사적 현실로 반작용한, 다시 말해 역사에서 예술로 나아가는 직류가 아니라 예술에서 다시 현실로 흐르는 교류 속에서 상호 교섭이 이뤄진 특별한 사례이다. 1601년 2월 6일 에식스 백작 로버트 데버루Robert Devereux 일파의 후원금을 받은 셰익스피어가 소속된 시종장 극단Lord Chamberlain's Men은 글로브 극장에서 「리처드 2세」를 특별 상연한다. 1599년 아일랜드 반란 진압 원정에서 엘리자베스왕의 허락도 없이 조기 귀국한 에식스는 이로 인해 왕과 극심한 갈등을 빚는다. 에식스는 자신을 원정으로 내보낸 왕의 처사가 자신을 궁정 정치에서 변방으로 내몬 정치적 추방이라고 생각한다. 따라서 허락 없이 조기 귀국해 버린 공작의 행동은 왕의 권위에 대한 도전, 나아가 일종의 반역으로 간주되었다. 왕은 사실 에식스가 아일랜드 반란군을 진압하기는커녕 이들 세력과 결탁하여 런던으로 진군할 가능성을 매우 염려하였다. 1599년 8월 30일자 왕에게 보낸 편지에서 에식스는 자신의 귀국을 간청하며 자신의 원정이 실제로는 추방임을 분명히 한다.

> 슬픔에 젖은 사람, 노고와 걱정, 슬픔으로 정신이 박약해진 사람, 고통으로 마음이 찢어진 사람, 자신을 증오하며 자신의 목숨을 부지시키는 모든 것을 증오하는 사람, 이런 사람에게서 폐하는 무슨 공적을 기대하십니까? 저의 지난 행적들이 추방과 가장 끔찍한 처형에 처해 마땅한 마당에 무슨 기대나 목적으로 제가 연명을 기대하겠습니까?[8]

이 편지에서 에식스는 자신의 정치 권력의 바탕이 될 조세 징수권(포도 농장 허가권을 에식스가 가지고 있었음)을 박탈해서 힘을 빼앗고 변방으로 추방한 왕의 결정에 대해 목숨을 앗아 간 것이나 마찬가지라고 강하게 항변하고 있다. 시간이 갈수록 왕과의 관계가 악화되어 정치적 회복이 불가능하다고 판단한 에식스는 런던 시민들이 자기편이라고 믿고 1601년 2월 8일 반란을 일으키지만 허망하게 실패하고 런던 탑에 갇혔다가 바로 처형당한다. 이때 에식스를 기소한 에드워드 쿡 경Sir Edward Coke은 실제로 에식스가 정권 탈취에 성공했을 경우 불링브루크가 리처드를 폐위한 후 곧이어 살해한 것과 마찬가지로 왕을 살해했을 것이라며 살인죄를 추가했다. 그러나 에식스가 스코틀랜드의 제임스왕과

---

8 Jane Kingsley-Smith, *Shakespeare's Drama of Exile* (London: Palgrave Macmillan, 2003), p. 65에서 재인용.

주고받은 편지 내용으로 보아 이는 지나친 해석이다. 에식스는 그저 제임스왕을 후계자로 공표하려 했던 것이다. 에식스의 기소를 거든 인물 중 하나가 바로 프랜시스 베이컨이다. 그는 세실 경의 친척이었지만 공직에 진출하지 못하고 있었는데 에식스의 후견에 힘입어 관직에 진출한 인물이다. 베이컨이 에식스를 버린 것은 세실 경이 실권을 가진 현실적인 정세를 염두에 두었기 때문이겠지만 처형문을 직접 작성한 사실 등에 대해서는 도덕적인 비난을 면하기 어려운 부분이 있다.

에식스는 자신의 처지를 추방당한 헨리 불링브루크와 동일시하며 1601년의 거사 직전에 「리처드 2세」를 특별 상연했다. 에식스 일파는 이 작품을 자신들의 반란을 정당화하는 작품으로 선택한 것이다. 공공 극장 무대에서 직접 영국 국왕이 폐위되는 끔찍한 사건을 재현함으로써 민심을 자기 쪽으로 돌리려는 에식스 일파의 시도는 예술과 역사적 현실의 간극을 인정하지 않고 직결시키려는 성급한 시도이다. 폐위 장면을 본 관객들이 한결같이 조치가 정당하다고 느꼈으리라고 판단하는 것은 섣부른 일이다. 이와 반대로 어떠한 경우에도 폐위는 부당하다고 느꼈을 가능성도 크다. 이 상연으로 셰익스피어 역시 자신이 소속됐던 극단 배우들과 더불어 추밀원의 조사를 받았지만 어떠한 징벌도 받지 않았다는 사실이 이를 간접 증명한다. 셰익스피어의 경우 〈공기를 먹고 사는 카멜레온〉처럼 변화무쌍해서 일정한 틀 안에 가두기가 쉽지 않다. 공기는 카멜레온뿐만 아니라 누구나 마시지만 이것이 독이 될지 피에 활력을 불어넣는 무엇이 될지는 마시는 생명체의

체질에 따라 다르다. 에식스가 추방에서 돌아와 작위와 재산권을 회복하고 마침내 왕좌에 오른 헨리와 자신을 동일시한다면 자신을 추방한 변덕스러운 군주 엘리자베스는 리처드가 된다. 1601년 반란의 충격에 휩싸여 있던 엘리자베스왕은 런던 탑 기록관인 윌리엄 램버드William Lambarde에게 〈내가 리처드 2세라는 사실을 그대는 모르는가?〉라고 반문하며 자신이 끊임없이 폐위의 위험과 불안에 휩싸여 있음을 토로한다. 실제로 1601년 8월 4일 왕의 그리니치궁 내실에서 주고받은 대화의 일부이다.[9] 에식스나 엘리자베스는 한결같이 자신의 처지를 셰익스피어의 역사극 등장인물들과 동일시함으로써 셰익스피어 당대의 정치 문화가 연극 놀이, 보여 주기의 예술임을 은연중에 들춰 낸다. 「리처드 2세」는 역사와 예술, 예술과 역사가 상호 교섭하고 교류하는 독특한 작품이다. 「리처드 2세」가 셰익스피어 역사극 중에서 가장 역사적 사실에 충실한 작품이라면, 이는 역사적 사실 자체에 충실하다는 의미가 아니라 예술에서 다시 역사 속으로 파고드는 힘이 가장 큰 작품이라는 의미로 받아들이는 것이 온당할 것이다.

번역 텍스트는 피터 유어Peter Ure가 편집한 아든Arden판과 앤드루 거Andrew Gurr가 편집한 뉴 케임브리지New Cambridge판을 사용했으며, 경우에 따라서는 베러티A.W. Verity가 편집한

9 Margaret Shewring, *Shakespeare in Performance:* Richard the Second (Manchester: Manchester UP, 1996).

피트 프레스Pitt Press판도 참고했음을 밝힌다.

2024년 1월
박우수

윌리엄 셰익스피어 연보

1558년 엘리자베스 1세 등극.

1564년 출생 영국 스트랫퍼드어폰에이번에서 부유한 상인인 존 셰익스피어John Shakespeare와 메리 아든Mary Arden의 셋째 아이이자 장남으로 태어남. 4월 26일 세례를 받음. 동료 작가 크리스토퍼 말로Christopher Marlowe도 이해에 태어남.

1573년 9세 후에 사우샘프턴 백작Earl of Southampton이 되어 셰익스피어를 후원하는 헨리 라이즐리Henry Wriothesley 태어남.

1576년 12세 영국 최초의 공공 극장인 〈시어터 극장The Theatre〉이 건립됨.

1582년 18세 여덟 살 연상인 앤 해서웨이Anne Hathaway와 결혼.

1583년 19세 장녀 수재나Susanna 태어남. 5월 26일 세례를 받음.

1585년 21세 쌍둥이 아들 햄닛Hamnet과 딸 주디스Judith 태어남.

1587년 23세 영국으로 망명 와 있던 스코틀랜드의 메리왕이 반란 혐의로 처형됨.

1588년 24세 프랜시스 드레이크 경Sir Francis Drake이 스페인의 무적함대인 아르마다를 무찌름.

1589년 25세 「헨리 6세Henry VI 제1부」 집필.

1590~1591년 26~27세 「헨리 6세 제2부」와 「헨리 6세 제3부」 집필.

1592년 28세 극작가 로버트 그린Robert Greene이 〈많은 후회로 얻은 서푼짜리 기지A Groatsworth of Wit Bought with a Million of Repentance〉라는 제목의 팸플릿에서 셰익스피어의 유명세를 비난함. 런던에 흑사병이 창궐하여 7월부터 1594년 6월까지 극장 폐쇄. 극단들은 지방 순회공연을 다님. 「리처드 3세Richard III」, 시집 『비너스와 아도니스Venus and Adonis』, 「실수 희극The Comedy of Errors」 집필.

1593년 29세 후원자인 사우샘프턴 백작에게 헌정하여 『비너스와 아도니스』 출간. 「타이터스 앤드로니커스Titus Andronicus」, 「말괄량이 길들이기The Taming of the Shrew」 집필.

1594년 30세 시집 『루크리스의 겁탈The Rape of Lucrece』 출간, 역시 사우샘프턴 백작에게 헌정함. 「베로나의 두 신사Two Gentlemen of Verona」, 「사랑의 헛수고Love's Labour's Lost」, 「존 왕King John」 집필. 왕의 전의(典醫)인 로페즈Rodrigo López가 왕 독살 모의 혐의로 처형됨. 〈시종장 극단Lord Chamberlain's Men〉이 창설됨.

1595년 31세 「리처드 2세Richard II」, 「로미오와 줄리엣Romeo and Juliet」, 「한여름 밤의 꿈A Midsummer Night's Dream」 집필.

1596년 32세 아버지 존 셰익스피어가 문장(紋章) 사용을 허가받아 〈신사〉로 서명할 수 있게 됨. 아들 햄닛 사망. 「베니스의 상인The Merchant of Venice」과 「헨리 4세Henry IV 제1부」 집필.

1597년 33세 스트랫퍼드의 대저택 뉴 플레이스를 매입함. 「윈저의 즐거운 아낙네들Merry Wives of Windsor」 집필.

1598년 34세 「헨리 4세 제2부」, 「헛소동Much Ado About Nothing」 집필.

1599년 35세 「헨리 5세Henry V」, 「줄리어스 시저Julius Caesar」, 「좋으실 대로As You Like It」 집필. 에식스 백작The Earl of Essex이 아일랜드 평정에 실패한 후 왕의 명에 반하여 귀국했다가 연금됨. 풍자물 출판 금지령이 선포됨. 〈글로브 극장The Globe〉 설립.

1600년 ³⁶세　「햄릿Hamlet」 집필.

1601년 ³⁷세　1600년에 석방된 에식스 백작이 쿠데타를 일으키기 전날 밤 「리처드 2세」의 공연을 요청함. 쿠데타 후 에식스 백작은 반란죄로 처형되고, 셰익스피어의 후원자인 사우샘프턴 백작도 이 반란에 연루되어 수감됨. 「십이야Twelfth Night」, 「트로일러스와 크레시다Troilus and Cressida」 집필.

1602년 ³⁸세　「끝이 좋으면 다 좋아All's Well That Ends Well」 집필.

1603년 ³⁹세　엘리자베스 1세 사망. 스코틀랜드의 제임스 6세가 제임스 1세로 등극하여 스튜어트 왕조 시작. 〈시종장 극단〉의 명칭이 〈왕의 극단King's Men〉으로 바뀜.

1604년 ⁴⁰세　「자에는 자로Measure for Measure」, 「오셀로Othello」 집필.

1605년 ⁴¹세　「리어왕King Lear」 집필. 11월 5일 제임스 1세의 가톨릭 박해 정책에 항거하여 영국에서 가톨릭교도들이 의사당 지하실에 화약을 묻어 놓고 제임스 1세의 가족과 대신, 의원들을 죽이려 한 이른바 〈화약 음모 사건Gunpowder Plot〉이 발생함.

1606년 ⁴²세　화약 음모 사건의 주동자인 포크스Guido Fawkes와 예수회 신부 가닛Henry Garnet이 처형됨. 「맥베스Macbeth」, 「안토니와 클레오파트라Antony and Cleopatra」 집필.

1607년 ⁴³세　「코리어레이너스Coriolanus」, 「아테네의 타이먼Timon of Athens」, 「페리클레스Pericles」 집필.

1609년 ⁴⁵세　「심벌린Cymbelin」 집필. 『소네트집Sonnets』 출간.

1610년 ⁴⁶세　「겨울 이야기The Winter's Tale」 집필.

1611년 ⁴⁷세　「폭풍우The Tempest」 집필.

1612년 ⁴⁸세　존 플레처John Fletcher와 함께 「헨리 8세Henry VIII」 집필.

1613년 ⁴⁹세　존 플레처와 「고결한 두 친척The Two Noble Kinsmen」 집필. 「헨리 8세」 공연 중 화재로 글로브 극장이 소실됨.

1614년 ^{50세} 글로브 극장 재개관.

1616년 ^{52세} 딸 주디스 결혼. 4월 23일 윌리엄 셰익스피어 사망.

1623년 아내 앤 해서웨이 사망. 존 헤밍스John Heminges와 헨리 콘델Henry Condell에 의해 36개의 극이 수록된 최초의 극 전집 『제1이절판*The First Folio*』 출간.

열린책들 세계문학 287 리처드 2세

옮긴이 박우수 한국외국어대학교 영어과를 졸업하고 서울대학교 대학원 영어영문학과에서 문학 박사 학위를 받았다. 충북대학교 영어영문학과 교수를 지내고 현재 한국외국어대학교 영미문학·문화학과 명예 교수로 재직 중이다. 옮긴 책으로 『햄릿』, 『리어 왕』, 『한여름 밤의 꿈』, 『베니스의 상인』, 『소네트집』, 『안티고네』, 『로미오와 줄리엣』, 『줄리어스 시저』 등이 있고, 지은 책으로 『셰익스피어의 역사극』, 『셰익스피어와 바다』, 『셰익스피어와 인간의 확장』, 『종교개혁과 르네상스 영문학』, 『수사학과 말의 힘』, 『수사적 인간』 등이 있다.

지은이 윌리엄 셰익스피어 **옮긴이** 박우수 **발행인** 홍예빈·홍유진
발행처 주식회사 열린책들 **주소** 경기도 파주시 문발로 253 파주출판도시
전화 031-955-4000 **팩스** 031-955-4004 **홈페이지** www.openbooks.co.kr
Copyright (C) 주식회사 열린책들, 2024, *Printed in Korea.*
ISBN 978-89-329-1287-5 04840 **ISBN** 978-89-329-1499-2 (세트)
발행일 2024년 1월 15일 세계문학판 1쇄

열린책들 세계문학
Open Books World Literature